Du bist mein Besitz

Gran-Canaria-Trilogie

von Drea Summer

AF199224

dreasummerautor@gmail.com
Facebook: Autorindrea
Instagram: dreasummer1978
www.dreasummer.com

2. Auflage, 2021
© Alle Rechte vorbehalten.
Herstellung und Verlag: BoD – Books on
Demand, Norderstedt

ISBN: 9783748166368

Lektorat/Korrektorat: Lektorat TextFlow by
Sascha Rimpl
Covergestaltung © Traumstoff Buchdesign
traumstoff.at
Covermotive © Bill McKelvie und railway fx
shutterstock.com

Du bist mein Besitz

Gran-Canaria Thriller Band 3

In einer Gasse in Playa del Inglés stirbt Svens
Ex-Freundin Dörte in seinen Armen an einer
Stichverletzung. Sven flieht Hals über Kopf, da
er befürchtet, man könne ihm aufgrund seiner
düsteren Vergangenheit die Schuld an Dörtes
Tod geben. Die Prostituierte Aurelia, die in
einem Bordell gegen ihren Willen festgehalten
wird, vermisst ihre Freundin Malia, die seit
Tagen verschwunden ist. Sie begibt sich auf
eine gefährliche Suche.
Kurz darauf tauchen zwei weitere Leichen auf.
Handelt es sich dabei um die Verbrechen eines
Serientäters? Hat Sven doch etwas damit zu
tun? Und wo hält er sich versteckt?
Inspektor Carlos Muñoz Díaz ermittelt bereits
in seinem dritten Fall mit seinem Kollegen
Cristiano und seiner Verlobten Sarah.

Bibliografische Information der Deutschen Nationalbibliothek. Die Deutsche Nationalbibliothek verzeichnet diese Publikation in der Deutschen Nationalbibliografie; detaillierte bibliografische Daten sind im Internet über http://dnb.dnb.de abrufbar.

Herstellung und Verlag:
BoD – Books on Demand, Norderstedt

ISBN: 9783748166368

1

Sven starrte auf Dörte, die blutüberströmt auf dem Boden lag. Noch Minuten zuvor hatte er sich auf das gemeinsame Treffen gefreut. Die Hoffnung auf eine Versöhnung war wieder da gewesen. Sie hatte ihn vor zwei Tagen angerufen und um dieses Treffen gebeten. Ihre Stimme klang aufgewühlt, sie wollte ihm aber nicht sagen, warum er kommen sollte. Sie besorgte ihm kurzfristig ein Hotelzimmer und teilte ihm mit, wo sie sich sehen würden. Er verstand allerdings nicht, wieso sie sich mit ihm an diesem dunklen Ort treffen wollte. Direkt hinter dem Yumbo in Playa del Inglés in einer Seitenstraße. Beim Sexshop hatte sie ihm als Treffpunkt genannt. Die Reklameschilder hinter ihm waren noch hell beleuchtet, obwohl es mitten in der Nacht war. Heute war Gay-Pride. *Das* Fest für Homosexuelle. Jedes Jahr Anfang Mai veranstaltete das Yumbo mit seinen zahlreichen Discos im Untergeschoß dieses Festival, an dem tausende Feierwütige teilnahmen, die sich auch auf den Straßen rund um das Einkaufszentrum tummelten.

Er liebte sie doch immer noch. Doch nun schien alle Hoffnung auf Versöhnung gestorben zu sein. Getötet. Ausgelöscht. Aus ihrem Hals quoll im Takt ihres Herzschlages ein Schwall Blut. Es floss wie ein kleiner Bach über den Boden, bis es schlussendlich unter einem Kanaldeckel verschwand.

Sven kniete sich neben sie und drückte mit seiner rechten Hand auf die klaffende Wunde. Mit seiner linken Hand stützte er sich auf dem Boden ab und ertastete unter seinen Fingern einen metallischen Gegenstand. Er riskierte einen Blick darauf und erkannte ein Springmesser mit einer kurzen Schneide, das direkt neben Dörte in der Blutlache lag.

Sofort zog er seine Hand weg, legte sie behutsam unter Dörtes Kopf und hob diesen einige Zentimeter vom Boden hoch. Sanft strich er ihr über die Haare. Sie hatte Mühe, ihre Augen offen zu halten.

»Bleib bei mir«, stammelte Sven und schlug ihr mit der flachen Hand leicht auf die Wange, da Dörtes Augen immer wieder zufielen. Panisch fuhr er ihr über das kurze blonde Haar, das sich bereits teilweise rot gefärbt hatte. »Wer hat dir das angetan? Sag mir, wer. Ich finde diesen

Scheißkerl! War es dein neuer Freund?«

Dörte riss die Augen auf und starrte ihn an. Ihre Lippen bewegten sich, und ein Röcheln kam aus ihrem Mund. Sven brachte sein Ohr nah an ihr Gesicht. Er spürte die heiße Luft auf seiner Haut, die mit jedem Atemzug an Intensität abnahm.

»Buchstaben ... Hotel ...« Mehr konnte er aus dem krächzenden Flüstern nicht heraushören. Er wich ein Stück zurück und schaute sie fragend an. Ihr Kopf lag bereits schwer in seiner Hand. Das Röcheln hatte aufgehört, und das Blut drang nur noch in einem schwachen Rinnsal aus ihrem Körper.

»Nein!«, schrie er in die kleine Gasse. Sein Schrei wurde von der wenige Meter entfernten Party verschluckt. Verzweifelt schüttelte er ihren Körper, doch dieser reagierte nicht mehr auf ihn.

Eine schrille Frauenstimme hinter ihm ließ ihn hochschrecken: »Was haben Sie getan?«

Er ließ Dörte zu Boden sinken und drehte sich um. Eine junge Frau, vielleicht Ende zwanzig, stand wie zu einer Statue erstarrt vor ihm und schaute ihn mit offenem Mund an. Sven reagierte blitzschnell, nahm das Messer in seine

7

Hand und packte die Frau am Arm. In diesem Moment setzte sie wieder zu einem Schrei an, doch er hielt ihr den Mund zu und flüsterte ihr ins Ohr: »Sei still, sonst wird es dir auch so ergehen wie ihr.« Die junge Frau nickte. Sven spürte, dass ihr ganzer Körper zitterte. Mit seinen eins neunzig überragte er sie um gut einen Kopf.

Ich muss hier weg. Wenn die Polizei mich findet, werde ich weggesperrt.

»Was willst du hier?«, fragte Sven.

»Nichts. Ich bin schon weg«, flüsterte die junge Frau und konnte ihren Blick nicht von der Toten nehmen.

»Das könnte dir so passen«, sagte Sven in herrischem Ton. Er zeigte auf die Lichter am Ende der Gasse. »Wo führt diese Straße hin?«

»Auf die Avenida Estados Unidos. Von dort aus können Sie verschwinden. Ich sage kein Wort. Ich verspreche es.« Sie streckte ihm die Hände wie zu einem Gebet gefaltet entgegen.

»Okay, du kommst mit. Wohnst du hier in der Gegend?«

»Ja, äh, nein. Ganz weit weg von hier«, stammelte die junge Frau, während Sven sie in Richtung Straße zog.

Ruckartig blieb er stehen. »Also ja. Gut, wir gehen zu dir nach Hause. Und du wirst keinen Aufstand machen und dich ruhig verhalten. Haben wir uns verstanden? Oder willst du so enden wie die da?« Sven nickte zu Dörte. Gleichzeitig ließ der das Springmesser in seiner Hosentasche verschwinden.

»Nein. Ja. Ich mache, was Sie sagen, nur tun Sie mir nichts.«

Sven setzte sich rasch in Bewegung und zerrte die junge Frau hinter sich her. Nach wenigen Metern kamen sie aus der dunklen Gasse heraus und standen auf der hell beleuchteten Straße. Die Livemusik dröhnte aus den Lautsprechern. Verkleidete Menschen tanzten zu Dutzenden. Der Alkohol floss in Strömen. Es roch nach frischen Donuts und altem Frittierfett. Das Licht blitzte aus den aufgestellten Scheinwerfern. Keiner beachtete die beiden.

»Wo wohnst du?«, fragte Sven.

Die junge Frau sah sich um und starrte ihn mit angsterfülltem Blick an. »Lassen Sie mich gehen. Ich verspreche, ich sage niemandem ein Wort.« In ihren Augen bildeten sich Tränen, die Sekunden später ihre Wangen hinunterflossen.

Sven zog sie näher an seinen Körper heran und zischte in ihr Ohr: »Wo wohnst du?« Er betonte jedes Wort und sah die dicke Ader, die wild an ihrem Hals pumpte.

Sie schluchzte und ließ ihren Blick auf den Boden sinken. Auch ihr Kopf sackte nach vorne, und ihre braunen, schulterlangen Haare verdeckten ihr Gesicht. »Wir … ich … wir müssen nach links. In der Apartmentanlage schräg gegenüber wohne ich.« Sie schniefte und zeigte zitternd auf eine Reihe weißer kleiner Häuser. Sie glichen sich wie ein Ei dem anderen. Die Anlage war von einer gut zwei Meter hohen Mauer umgeben.

Sven packte ihren Arm etwas fester und drängte sie nach links. Nach ein paar Schritten hörte er die Polizeisirenen ganz in ihrer Nähe. Das Blut pulsierte in seinen Adern, und ein beklemmendes Brennen breitete sich in seinem Brustkorb aus. Er drehte sich um und hielt die Luft an. Atmete dann erleichtert aus, als er sah, dass ihnen niemand folgte.

Verdammte Scheiße! In was bin ich da wieder hineingeraten?

2

»*Dios mío*[1]. Was ist denn hier auf dieser Insel los? Das kann doch wohl nicht wahr sein.« Cristiano stand bei der Toten, die allem Anschein nach etwas jünger als er selbst war, und starrte auf den leblosen Körper, der in einer Blutlache lag. Er und Carlos waren gerade erst am Tatort angekommen. Der Arzt war noch nicht vor Ort. Die uniformierten Kollegen sperrten die Seitengasse ab und hielten die zahlreichen Schaulustigen fern. Trotz der frühen Morgenstunde waren noch massig Menschen unterwegs. Manche maskiert, andere unmaskiert und die meisten einfach nur mit zu viel Alkohol intus. Kein Wunder, Feste feierten die Spanier, wie sie fielen.

»Gut, was haben wir?«, fragte Carlos. »Tödliche Stichverletzung. Abgelegt zwischen den Mülleimern.« Er deutete auf den tiefen Schnitt im Hals des Opfers.

»Auf den ersten Blick sehe ich keine Tatwaffe. Aber anscheinend hat hier etwas gelegen.«

---

1   Mein Gott.

Cristiano leuchtete mit seiner Taschenlampe auf den Boden neben dem Kopf der Leiche und sah dort im Blut einen länglichen dunklen Fleck. »Hier scheint auch ein Fingerabdruck zu sein. Sieh mal.«

»Eher der Abdruck einer ganzen Hand. Na, mit etwas Glück ist der in unserer Datenbank.«

»Wissen wir schon, wer sie ist?«, fragte Cristiano und drehte sich zu den Uniformierten um. »Und wer hat uns informiert? Ich meine, diese dunkle Hintergasse ist in der Nacht wohl nicht für einen Spaziergang geeignet. Besonders wenn vorne an der Straße laut gefeiert wird.«

»Ihre Handtasche lag direkt neben ihr«, sagte einer der Polizisten. »Darin befand sich der Ausweis. Es handelt sich bei der Toten um Dörte van den Berg. Sie ist achtundzwanzig Jahre alt. Sie ist Holländerin, hat aber eine *residencia*[2] in Spanien. Wir haben schon die Zentrale informiert, die schicken Kollegen, die sich bei ihrer Adresse umsehen. Die Männer dort drüben haben den Notruf abgesetzt. Sie sind vom *ayuntamiento*[3] und sorgen hier für Sauberkeit nach dem Fest.« Er zeigte auf die beiden

2   Wohnsitz/Aufenthaltsgenehmigung
3   Gemeinde/Rathaus

Männer, die einige Schritte abseitsstanden. Einer von ihnen kaute an seinen Fingernägeln.

»Gut, wir werden sie befragen. Vielleicht haben die beiden etwas gesehen«, sagte Carlos, fuhr sich nachdenklich mit den Fingern durch sein fast durchgehend silbernes Haar und schritt auf die Männer zu.

Cristiano folgte ihm.

»*Buenas noches, Señores*[4]. Können Sie uns mitteilen, was Sie gesehen haben? Wie heißen Sie?« Carlos wandte sich an den Größeren der beiden. Cristiano zückte sein Notizheft.

»*Me llamo*[5] Marcos Jiménez Martín. Eigentlich haben wir nichts gesehen. Wir haben nur diese blonde Frau gefunden. Und dann euch verständigt.«

»Gut, wann hat heute Ihre Schicht angefangen?«, fragte Carlos.

»Wir arbeiten immer von zehn Uhr abends bis halb sieben morgens.«

»Und wann waren Sie hier in dieser Straße?«

»Das war um zehn vor vier. Das weiß ich deswegen so genau, weil meine Frau mir kurz vorher eine Nachricht geschrieben hat. Sie hatte

4   Gute Nacht, meine Herren.
5   Ich heiße

unser Baby gefüttert, und es schlief gerade wieder ein. Da schreibt sie mir immer.« Marcos zückte sein Handy. Er schaltete das Display an, und dort zeigte sich ein Bild von einem schlafenden Baby.

»Aus welcher Richtung sind Sie gekommen?«, wollte Carlos wissen. »Wo waren Sie vorher?«

»Wir machen immer die gleiche Runde. Wir sind direkt vom Kreisverkehr auf die Avenida Estados Unidos gefahren und dann hier eingebogen. Heute sind wir etwas in Zeitverzug. Wir kamen vorne an der Straße nicht durch. Die jungen Leute machen die Nacht zum Tag.«

»Und im Kreisverkehr oder als Sie hier eingebogen sind, haben Sie da jemanden gesehen?«

»Ja, es waren Leute unterwegs. Verdächtig ist mir dabei keiner vorgekommen. Aber ich habe nicht genau hingeschaut. Schließlich bin ich nicht davon ausgegangen, gleich auf eine Leiche zu treffen.«

3

Aurelia atmete tief durch, als der dicke Mann ihre Zimmertür von außen schloss. Sein Geruch nach abgestandenem Schweiß blieb im Zimmer stehen.

Allein beim Gedanken daran, wie sie diesen widerlichen Kerl angefasst hatte, drehte sich ihr der Magen um, und die Säure brannte bitter in ihrer Kehle. Nur mit Mühe und Not hatte sie den Brechreiz überwinden können, als sie ihn bedient hatte. Schon seit zwei Jahren war sie im Geschäft. Anfangs war es hart gewesen, und sie hatte sich des Öfteren übergeben müssen nach getaner Arbeit. Aber mittlerweile gehörte dies eher zur Ausnahme als zur Regel. Augen zu und durch.

Und ja nicht vergessen, die Luft anzuhalten bei den Typen, deren Bäuche über dem Gemächt hingen. Denn gerade diese stanken fürchterlich.

Aurelia stand von ihrem Bett auf, sperrte die Tür zu und ging in das kleine Badezimmer nebenan. Es war gerade groß genug, dass sie sich darin bewegen konnte. Durch die schlauchartige Form musste sie am

Waschbecken vorbeischlüpfen, um zur Toilette oder zur Dusche zu kommen.

Sie nahm ihre Zahnbürste zur Hand, tat Zahncreme darauf und steckte sie sich in den Mund. Das frische Gefühl stellte sich sofort ein, und sie fühlte sich schon etwas wohler. Sie betrachtete sich im Spiegel und sah ihre dunkelgrünen Augen, die nicht mehr dieses Feuer in sich hatten wie noch vor zwei Jahren. Jetzt waren sie von dunklen Ringen umgeben. Sie nahm die blonde Perücke vom Kopf und fuhr sich mit den Fingern durch ihr kinnlanges schwarzes Haar. Wo hatte sie ihre Träume, die sie einmal gehabt hatte, begraben? War dies das Leben, das sie für den Rest ihrer Tage führen musste? Sie hätte damals auf ihre Oma hören sollen, als diese gesagt hatte: »Dieser Typ tut dir nicht gut. Lass dich nicht von seinem Äußeren blenden.«

Aber Livio hatte doch diese stechend blauen Augen und diesen Hundeblick. Er hatte versprochen, ihr die Welt zu Füßen zu legen, wenn sie mit ihm mitkäme. War das hier die Welt? Es war nur eine stecknadelkopfgroße Insel. Vielleicht nicht mal so groß.

Sie war so in ihren Gedanken versunken, dass

sie mit den Putzbewegungen aufgehört hatte und der weiße Schaum aus ihrem Mund heraustropfte. Als dieser auf ihren nackten Oberkörper traf, tauchte sie wieder in die reale Welt ein. Sie wischte sich mit dem Handrücken über die Lippen und zog die Zahnbürste aus dem Mund. *Noch schnell unter die Dusche springen und den Dreck von mir waschen. Besonders dort, wo er mich angefasst hat. Dann ist alles gut.*

Noch mit der Zahnbürste in der Hand klopfte sie an die geschlossene Tür, die das angrenzende Zimmer von ihrem trennte. Beide Zimmer teilten sich das Bad.

Keinerlei Reaktion. Sie legte ihr Ohr an die Tür und horchte. Sie vernahm im ersten Moment nichts, aber Sekunden später hörte sie ihre Freundin Malia stöhnen. Gleich darauf eine fremde männliche Stimme. Sie drückte die Klinke nach unten und öffnete die Tür einen Spalt. Sie spähte hinein. Das Licht war gedimmt. Malia saß auf dem Mann und stöhnte, was das Zeug hielt. Der Mann befummelte ihre dunkelhäutigen Brüste und knetete sie wie einen Nudelteig. Malias Blick war gelangweilt auf die Wand am Ende des Bettes gerichtet. Als sie das leise Quietschen der Tür hörte, schaute sie zu ihr. Aurelia tippte sich mit ihrem Zeigefinger auf das leere Handgelenk. Malia nickte und bewegte sich schneller auf dem Mann auf und ab, sodass ihre dunkelbraunen gekräuselten Haare im Takt mitwippten. Sie stöhnte lauter als zuvor.

Aurelia schloss die Zimmertür und wandte sich weiter ihren Zähnen zu. Sie spuckte die Zahnpasta in die Dusche und drehte das warme Wasser auf. *Ich freue mich schon so auf heute Abend. Endlich dürfen wir hier mal raus. Ins Matrix im Yumbo. Da sind sicher süße Typen unterwegs, wenn die nicht grad schwul sind. Es ist ja Gay-Pride. Da wird gefeiert bis zum Abwinken.*

Sie stieg in die Dusche und zog den Vorhang zu. Das warme Wasser gab ihr die Reinheit zurück, nach der sie sich so sehnte.

Sie war bereits fast fertig, da hörte sie Malia ins Badezimmer rufen: »He, lass mir auch noch warmes Wasser über. Es gibt, glaube ich zumindest, keine Stelle an meinem Körper, an der dieser Typ mich nicht angefasst hat. Widerlich.«

»Deiner sah doch wenigstens ganz passabel aus. Du hättest mal sehen müssen, was bei mir zur Tür reinkam. Und wie der gestunken hat.«

»Lassen wir das. Wir haben den Rest des Abends frei. Somit ist der eklige Teil für heute erst mal erledigt. Und ich muss dir unbedingt noch eine Neuigkeit erzählen. Heute ist etwas ganz Tolles passiert. Mach endlich. Ich will auch noch duschen, bevor du das ganze warme Wasser verbraucht hast.«

4

Schweißgebadet stand Sven in dem kleinen Apartment der jungen Frau. Er hatte sie auf das Sofa gesetzt, und dort saß sie nun zwischen Klamottenbergen und Büchern. Nervös fuhr er sich durch seine hellbraunen Haare, die wie die Stacheln eines Igels von seinem Kopf abstanden. Ihre fragenden Blicke streiften ihn.

»Wie heißt du?«, fragte Sven und ging auf sie zu.

»Jenny. Jenny Huwer. Bitte tun Sie mir nichts. Ich mache alles. Wirklich alles. Wenn Sie wollen, dann auch …« Während sie sprach, versuchte sie, ihren knielangen Rock nach oben zu schieben. Was ihr aber nicht gelang, denn ihre Hände zitterten wie Espenlaub.

Sven machte eine abwehrende Handbewegung. »Lass das, ja? Was glaubst du denn, wer ich bin? Ein Vergewaltiger? Was hattest du dort zu suchen?« Er ließ seinen Blick über ihren schlanken Körper gleiten. Ihre schulterlangen Haare und diese rehbraunen Augen gefielen ihm. Außer das Piercing, das wie ein störender Fleck auf ihrem Nasenflügel prangte. Er schüttelte die aufkommenden Gedanken aus seinem Kopf. *Boah, was denke ich da? Dörte ist tot, und ich denke an Sex mit einer Wildfremden.*

»Mein Chef hat mir heute gekündigt. Dabei konnte ich gar nichts ...«

»Ja, ist schon gut«, unterbrach er sie. »Ich will deine Leidensgeschichte nicht hören. Ich hätte es mir denken können, dass du mir gleich dein Leben erzählen willst. Sei einfach still, ja?« Seine Gedanken kreisten um das ganze Blut, das um Dörte herum verteilt gewesen war. Ihre letzten röchelnden Worte: *Buchstaben, Hotel.*

Was hat sie damit gemeint? Ich verstehe nicht, warum sie sich mit mir treffen wollte. Sie klang so aufgeregt am Telefon. Fast so, als hätte sie Angst vor jemandem gehabt. Scheiße, warum habe ich bloß den späteren Flug genommen?

»Ich ... ich muss mal«, stammelte Jenny leise und schaute ihn direkt an. Ihr Körper zitterte nicht mehr. Ihre Tränen waren versiegt.

Sven verdrehte seine Augen. Er packte sie am Unterarm, und sie ließ einen kurzen spitzen Schrei los. »Bist du doof? Hör auf zu schreien.« Er zerrte sie aus dem Wohnzimmer hinaus, das gleichzeitig auch der Essbereich war, denn einen anderen Tisch hatte er auf den ersten Blick nicht ausmachen können. Er bugsierte sie an der kleinen Kochnische vorbei, gleich daneben befand sich die Toilette. Die hatte er bereits beim Hineingehen bemerkt. Hier drinnen war alles sehr minimalistisch angelegt. Er stieß sie mit sanfter Kraft in den Raum hinein. Als sie die Tür zumachen wollte, stellte er seinen Fuß dazwischen.

Das wäre ja noch schöner, wenn die verschwindet und ich hier noch rumstehe.

Er wartete, aber er hörte nichts. »Was ist los mit dir? Ich dachte, du wolltest aufs Klo. Und jetzt pinkelst du nicht. Verarschst du mich etwa?« Er öffnete die Tür ganz und sah sie dasitzen, mit hochgezogenem Rock, die Oberschenkel fest aneinandergepresst und den Oberkörper leicht nach vorne gebeugt.

Einen kurzen Moment sah sie ihn an. Dann richtete sie ihren Blick auf den Boden. »Entschuldigung. Ich … es ist so: Ich kann nicht pinkeln, wenn mir jemand zusieht oder zuhört.«

Er musste tief einatmen, bevor er sprach. Ansonsten hätte er sie vermutlich angeschrien. Doch das wäre in seiner derzeitigen Situation nicht förderlich gewesen. »Das ist jetzt nicht dein Ernst, oder? Ich höre gar nicht hin. Versprochen.« *Oh Mann, an was für eine Trulla bin ich denn da geraten?*

Er überlegte angestrengt, welche Optionen er im Moment hatte. Er könnte sie einfach umbringen. Wäre eine einfache Lösung. Und es wäre nicht der erste Mord, den er begehen würde. Erwürgen vielleicht. Er sah sich um in der überschaubaren Wohnung. Vielleicht war *überschaubar* in diesem Chaos doch nicht die richtige Wortwahl. Die Tatwaffe, mit der Dörte umgebracht worden war, wollte er nicht verwenden. Die sollte nur als Druckmittel dienen, das er gegen Jenny einsetzen konnte. Er entdeckte ein kleines Messer auf der Arbeitsplatte neben der Kaffeemaschine. *Mit dem kannst du nicht mal einen gebratenen Fisch schneiden, der schon von allein auseinanderfällt, geschweige denn einen Menschen töten.*

Also, das war wohl keine Option. Und überhaupt würde das Töten Spuren hinterlassen, und er müsste die Wohnung danach reinigen, denn überall waren seine Fingerabdrücke verstreut. Es war auch keine Option, sie hier allein zu lassen und einfach zu gehen. Sie würde sofort die Polizei rufen, und er würde schneller gefasst werden, als ihm lieb war. Er hatte doch die Tatwaffe bei sich, und auch am Tatort bei Dörte waren überall seine Fingerabdrücke. Binnen Stunden würden sie ihn identifizieren und in seinem Hotel aufsuchen.

Während er dastand und angestrengt überlegte, was er tun könnte, hörte er aus der Toilette ein Summen. Die Melodie kam ihm bekannt vor. Allen Ernstes summte sie leise *Alle meine Entchen.* Sekunden später vernahm er ein Plätschern, kurz darauf drückte sie die Klospülung und stand im Türrahmen.

»Setz dich wieder auf das Sofa«, herrschte er sie an, als sie aus dem Raum trat. Jenny zuckte zusammen, folgte aber rasch seinen Anweisungen und nahm Platz. Sven blieb in der Kochnische stehen und öffnete den Kühlschrank. Er holte eine Flasche Cola heraus, öffnete den einen der beiden Oberschränke, nahm sich dort zwei Trinkgläser und setzte sich direkt neben Jenny aufs Sofa. Sie fühlte sich sichtlich unwohl in seiner Nähe – ihr Fuß wippte auf und ab –, wagte es aber nicht, sich zu bewegen. Sven schenkte in beide Gläser etwas ein. »Trink!«

Jenny ergriff das Glas und verschüttete einen Teil auf ihre Beine, da ihre Hand so sehr zitterte. Die Cola tropfte von ihrem nackten Oberschenkel auf den Boden und hinterließ dort eine kleine Pfütze. Hastig nahm sie einen Schluck und stellte das Glas wieder auf den Tisch. Sven schaute auf seine Uhr. Es war gerade kurz nach halb fünf morgens. Der Mord an Dörte war etwa vor eineinhalb Stunden geschehen. Das hieß, die Polizei sichtete vermutlich gerade die Spuren, sofern sie sie schon gefunden hatten. Viel Zeit blieb ihm nicht mehr.

»Wie weit ist es von hier bis zum Hotel Excelsior?«

Jenny sah ihn angsterfüllt an. Sie räusperte sich, dann sprach sie: »Zu Fuß zehn Minuten.«

»Hast du ein Auto oder so was?«

»Nein, aber ein Moped.« Noch während sie sprach, lief ihr Gesicht rot an wie eine Tomate. Sven konnte nicht zuordnen, woran dies lag, allerdings verschwand das Rot gleich darauf wieder von ihren Wangen.

Er überlegte kurz, stand auf, ergriff sie am Oberarm und ging mit ihr Richtung Haustür.

»Los, du fährst mich dorthin. Ich muss meine

Sachen aus meinem Hotelzimmer holen, bevor die Polizei dort ist. Und keine Mätzchen, verstanden? Sonst bist du bald diejenige, die am Boden liegt und verblutet.« Er kam mit seinem Gesicht ihrem ganz nahe. Er sah, wie sie schwer schluckte, fast so, als würde sie einen Kloß in ihrem Hals hinunterwürgen. Seine Worte hinterließen Eindruck. Es war so wie immer.

5

»*Vale*[6]«, sagte Carlos zu Cristiano und stand von seinem Bürostuhl auf. Es war gerade erst eine Stunde vergangen, seit sie die Tote in der Seitengasse gefunden hatten. Der Gerichtsmediziner sowie die Spurensicherung waren kurz nach den beiden am Tatort eingetroffen. Somit hatten er und Cristiano es vorgezogen, im Revier den ersten Bericht zu schreiben und die Fakten zu sortieren.

»*¿Jefe?*[7]« Ein uniformierter Polizist schaute in das Büro herein.

Carlos winkte ihn zu sich. »Was gibt es? Wart ihr in der Wohnung der Toten? Habt ihr etwas Brauchbares gefunden?«

»Wir waren in der Wohnung in der Calle Las Dunas in Maspalomas. Allerdings scheint diese unbewohnt zu sein. Es stehen zwar Möbel drin, aber sie wurden mit weißen Laken abgedeckt. Und was auch interessant ist – wir haben keinerlei Persönliches von der Toten finden können. Nicht mal Kleidung war im Schrank.«

6   Okay
7   Chef/Boss

Carlos schaute auf seinen Computerbildschirm und scrollte die Aufzeichnungen über Dörtes Einwanderung ein wenig hinunter. »Sie ist vor knapp drei Jahren hier eingereist. Sie war zwar immer wieder mal in Holland oder auch in Österreich, aber nie länger als drei Wochen am Stück. Also muss sie hier gewohnt haben. Nur die Frage ist, wo. Wenn wir das herausfinden, dann sind wir hoffentlich auch ihrem Mörder auf der Spur.«

»Sag mal«, meinte Cristiano und schaute zu Carlos. »Ist das nicht merkwürdig? Hier steht doch eine Handynummer in den Unterlagen der Einwohnermeldebehörde. Aber wir haben kein Handy bei ihr gefunden. Welche Frau geht ohne ihr Telefon aus dem Haus?«

»Dann rufen wir eben auf ihrem Handy an«, sagte Carlos und wählte die Nummer. Klingeln, noch ein Klingeln, Mailbox. »*Vale,* Handy ist eingeschaltet. Besorg du mir einen Beschluss, dass wir das Handy orten dürfen. Vielleicht finden wir so den Wohnsitz.«

Carlos' letzte Worte hatte er an den Uniformierten gerichtet. Dieser nickte und verließ gleich darauf das Büro.

Carlos stand auf und nahm seine Jacke von

der Stuhllehne. »Ich werde jetzt nach Hause fahren und mit meinen zwei Lieben frühstücken. Und du, Cristiano, solltest dich ein wenig ausruhen. Wir sehen uns am Nachmittag. In der Hoffnung, dass wir neue Ergebnisse haben.«

6

»Stell dir vor, der Chef hat mir heute tausend Euro gegeben«, sagte Malia und strahlte über das ganze Gesicht. Sie saß auf einem Hocker an der kleinen Bar am Strand. Die beiden hatten sich kurzfristig entschieden, die Disco sausen zu lassen und gemütlich Cocktails zu trinken. Sie nippte genüsslich an ihrem Piña Colada.

Aurelia blieb der Mund offen stehen. Im ersten Moment reagierte sie nicht und brauchte einige Sekunden, um sich wieder zu fangen. »Wow, das ist aber viel Geld. Wofür hast du das gekriegt? Wir kriegen doch sonst nur ein paar Zehneuroscheine.«

»Ich soll morgen Abend auf der Party tanzen und natürlich für Unterhaltung sorgen bei den männlichen Gästen und vielleicht auch bei den weiblichen. Ist wohl so eine Sexparty oder so. Die Gäste auf dieser Veranstaltung sind anscheinend sehr anspruchsvoll.«

»Hmmm …«, sagte Aurelia und schaute Malia fragend an. »Kommt mir schon viel Geld vor für nur einen Abend. Glaubst du nicht, da ist etwas faul? Ich meine, wo ist der Unterschied zu dem

Job, den wir sonst machen?«

Malia warf ihr einen bösen Blick zu. Mit einer abwertenden Handbewegung in ihre Richtung sagte sie: »Du und dein ewiger Pessimismus! In allem siehst du nur das Schlechte.«

»Na ja, wundert dich das? Überleg mal, wie wir überhaupt in die Situation gekommen sind, hier in diesem Puff zu arbeiten! Und da soll ich nun positiv denken? Du spinnst ja! Unsere Reisepässe sehen wir nie wieder. Du weißt genau, dass der Chef uns als Inventar betrachtet und wir hier nie wieder rauskommen. Und bei so einer hohen Geldsumme, das soll mich nicht misstrauisch machen?«

»Ich habe gehört, dass er mehrere Zehntausend in dieser einen Nacht verdient. Das hat mir die dunkelhaarige Vollbusige von gegenüber gesteckt. Es wird gemunkelt, dass sich bei dieser Party nur die Schönen und Reichen aufhalten. Da sind die tausend Euro, die er mir gegeben hat, nur Peanuts. Ich soll mir auch sexy Unterwäsche kaufen, hat er mir gesagt, und ja nichts Billiges. Verstehst du? Er will, dass ich mich aufdonnere und schön aussehe, damit seine Gäste sich wohlfühlen.«

»Na, wenn du meinst. Du bist immerhin schon

vierundzwanzig und kein kleines Kind mehr.«

Malia nickte zustimmend und stemmte ihre Hände in die Hüften. »Und übrigens, ich komme hier schneller raus als du. Ich kann meine Schulden beim Chef dann abbezahlen, und ich bin fort aus dieser Hölle. Währenddessen du mit deinem Pessimismus noch länger die Schwänze von den notgeilen Säcken lutschst.«

Aurelia schüttelte verständnislos den Kopf. Diese Diskussion würde vermutlich zu nichts führen. Somit seufzte sie nur und trank einen großen Schluck ihres Cocktails.

7

Sven staunte nicht schlecht, als Jenny ihn zu ihrem Moped führte. Es stand auf dem Parkplatz direkt vor der Apartmentanlage. Die Straßenlaterne bot den beiden das notwendige Licht. Jenny steckte den Schlüssel in das Schloss. Der Roller hatte seine besten Jahre bereits hinter sich. Die ursprüngliche Farbe war vermutlich einmal Grün gewesen. Allerdings war diese größtenteils durch die Sonne und den Sand in der Luft abgeblättert. Einige rostige Stellen waren mit einem zarten Rosa besprüht worden.

»Und du bist dir sicher, dass wir mit deinem Gefährt ankommen?«, fragte Sven und schaute Jenny an.

Sie nickte und sagte: »Warum denn nicht? Bisher hat es mich noch nie im Stich gelassen. Also, warum sollte es ausgerechnet heute versagen?«

Oh mein Gott. Sie wird uns beide umbringen mit diesem Vehikel!

»Es sieht so aus, als würde es nur mehr von Klebeband zusammengehalten werden. Aber gut. Dann los jetzt. Wir haben keine Zeit zu verlieren.«

Jenny setzte sich auf den Sitz und startete den Motor. Sven nahm hinter ihr Platz. Er hatte einen pinken Helm auf, den Jenny ihm in der Wohnung gegeben hatte. Als er das Visier herunterließ, stieg ihm ein blumiger Parfümduft in die Nase.

Boah! Ich hoffe doch, dass wir nicht allzu lange unterwegs sind.

Jenny fuhr langsam los. Anscheinend war es für sie ungewohnt, dass sie noch jemanden auf dem Sozius hatte, denn das Moped schlingerte leicht und Jenny hatte alle Hände voll zu tun, es auf der Straße zu halten. Doch sie hatte sich bald mit dem zusätzlichen Gewicht arrangiert und steuerte zielsicher auf den Kreisverkehr zu.

Sven schaute auf seine Armbanduhr. 4:53 Uhr. *Es ist nicht mehr weit bis zum Hotel. Aber wie mache ich das bloß dort? Ich kann nur das Notwendigste mitnehmen. Und vor allem, was mache ich mit meinem Anhängsel?* Diese Frage beschäftigte ihn noch, während Jenny bereits in der Haltezone vor dem Hotel anhielt. Das Moped lief noch, als Sven vom Sitz hinunterstieg. Gerade als er nach ihr greifen wollte, gab sie

Gas. Allerdings reagierte das Moped nicht sofort, und Sven nutzte diese Sekunde, um gegen den Tank zu treten.

Aufgrund der Tatsache, dass Jenny nicht damit gerechnet hatte und ihre Füße in der Luft waren, stürzte sie mitsamt ihrem Moped seitlich auf den Asphalt.

Sven riss sich den Helm vom Kopf und schrie sie an: »Sag mal, bist du komplett verrückt? Hast du nicht verstanden, dass ich weiß, wie du heißt und wo du wohnst? Auch wenn du gleich zur Polizei gehst, wird dir das nicht helfen. Bis die mich finden, bist du bereits tot. Ist das jetzt endgültig klar? Das hier ist kein Spiel, Mädchen!« Noch während er sprach, zog er sie grob an ihrem Unterarm in die Höhe und packte sie, sobald sie aufrecht stand, fest an den Schultern.

Jennys linkes Knie war übersät mit kleinen blutigen Schrammen. In leicht geknickter Haltung stand sie da. Ihr Motorradhelm leuchtete gelb wie eine Signallampe.

»Nimm deinen Scheißhelm ab! Und dann komm endlich! Wehe, du sagst einen Mucks, du weißt, was dann passiert, ja?«

Jenny blickte Richtung Boden und nickte.

Kaum hatte sie sich den Helm vom Kopf gezogen, schnappte Sven ihre Hand und hielt sie fest umklammert.

Er beugte sich zu ihr hinunter und flüsterte ihr ins Ohr: »Keinen Mucks, und ein Lächeln will ich sehen. Tu so, als wären wir ein Paar.«

Jenny schaute ihn mit großen Augen an, öffnete ihren Mund und wollte gerade ansetzen, um etwas zu sagen, besann sich dann offenbar gleich wieder und legte ein Lächeln auf ihre Lippen.

»Braves Mädchen«, sagte Sven und lächelte sie auch an, während er mit ihr in die Hotellobby ging. Sven schritt an den Tresen und drückte auf den Klingelknopf. Dummerweise hatte er am Abend zuvor seinen Zimmerschlüssel an der Rezeption abgegeben. Aber wer hätte auch ahnen können, dass der Abend so ein Ende nehmen würde?

Nach endlosen Minuten erschien eine verschlafen wirkende junge Frau. Sie richtete sich ihren Blusenkragen, während sie aus der Tür schritt, auf der »*Oficina*⁸« stand.

»*Buenos días, Señores*«, sagte sie. »*Qué*

desean?[9]«

»*Buenos días.* Ich bräuchte meinen Schlüssel bitte. Zimmer 114.«

Die Rezeptionistin nahm den entsprechenden Schlüssel vom Haken. Außerdem legte sie ein kleines, mit Zeitungspapier umwickeltes Paket auf den Tresen. »*Señor* Holzer? Das ist heute für Sie abgegeben worden. Von einer blonden jungen Dame. Allerdings hat sie Ihnen keine Nachricht hinterlassen.«

»Hatte sie kurze Haare, und trug sie Jeans und ein rotes T-Shirt?« Sven nahm das Paket entgegen und starrte es entgeistert an. In krakeliger Handschrift war sein Name darauf geschrieben. Allerdings sah es nicht nach Dörtes Handschrift aus. Obwohl, wenn sie bereits geahnt hatte, dass ihr heute etwas passieren könnte, und sie es in Hast geschrieben hatte …

Noch bevor die Rezeptionistin antworten konnte, rief Jenny: »Aber das ist doch die Frau, die du …«

»Schweig!«, zischte Sven in ihre Richtung und setzte noch einen bösen Blick drauf. Jenny zuckte zurück, und ihre Hand fing wieder an zu zittern. Er drückte ihre Handfläche noch fester

9   Guten Morgen. Was wünschen Sie?

zusammen und vernahm ihr leises Schnaufen, als sie versuchte, ihre Finger aus seinen zu bekommen. Ihr schossen Tränen in die Augen, und sie sah ihn mit Hilfe suchendem Blick an.

Die Rezeptionistin hatte sich mittlerweile wieder von den beiden entfernt. Vermutlich war sie ins Büro gegangen, um ihr Schläfchen fortzusetzen.

Sven schnappte sich den Zimmerschlüssel und zog Jenny mit zur Treppe, die in den ersten Stock des Hotels führte. Er ging schnellen Schrittes voran, sie hinkte ihm hinterher. Zweimal wäre sie auf dem kurzen Weg nach oben fast hingefallen. Laut fluchend zog er sie immer wieder in die Höhe und half ihr, das Gleichgewicht wiederzuerlangen. Er war in Eile und sie für ihn nur eine Belastung. Eine Belastung, die er aber derzeit nicht loswerden würde und auch brauchte. Denn wo sollte er hin? Sie war diejenige, die ihm zumindest für kurze Zeit Unterschlupf gewähren konnte. Kurzerhand legte er ihren Arm um seine Schultern und umfasste ihre Hüfte. Somit konnte sie sich auf ihn stützen, und sie kamen schneller voran.

Er steckte den Schlüssel in das Schloss und

öffnete die Zimmertür. Sie traten ein, und er setzte Jenny auf das Bett. Er ließ sie keinen Moment aus den Augen. Er legte seinen Koffer auf das Bett und wühlte darin herum, bis er einige wenige Kleidungsstücke in seinem Rucksack verschwinden ließ. Aus dem Safe, der im Kleiderschrank eingebaut war, nahm er seinen Reisepass und auch das Bargeld heraus und legte alles auf das Bett neben Jenny. Dann öffnete er das kleine Paket.

»Was ist das für ein Wappen auf deinem Pass?«, fragte Jenny. »Du bist kein Deutscher, oder? Du sprichst aber sehr gut Deutsch. Hast du das in der Schule gelernt?« Auf seinem Pass war ein goldener Adler, der an den Füßen gesprengte Ketten hatte.

Sven reagierte sofort und steckte den Reisepass mitsamt dem Geld in seine Hosentasche. »Was du für Fragen stellst! Falls du es nicht verstanden hast, ich bin derjenige mit dem Messer, der dich jederzeit töten kann. Ich bin derjenige, der die Fragen stellt, nicht du, klar?« Wütend schaute er sie an, während er ein rotes Notizbuch aus dem Zeitungspapier schälte. Er schlug es auf und sah, dass es ein Kalender war. Allerdings waren die meisten

Blätter unbeschrieben. Nur bei einem Datum standen Buchstaben und Zahlen, die aber keinen Sinn ergaben. Er seufzte und steckte den Kalender in seine rechte Hosentasche. Ein Blick auf seine Uhr befahl ihm, sich zu beeilen. 5:41 Uhr. Er musste verschwinden. Die Polizei konnte jeden Moment hier auftauchen.

8

Sarah wurde an diesem Morgen von dem Kaffeeduft, der sich in ihrem Schlafzimmer verteilte, geweckt. Sie schaute auf die Uhr und stellte fest, dass es kurz vor sieben war. Gerade als sie sich nochmals umdrehen wollte, schoss ihr die Uhrzeit erneut durch den Kopf. Blitzschnell öffnete sie wieder ihre Augen, schob die Decke zurück und sprang aus dem Bett. Mit nackten Füßen schlurfte sie ins Zimmer nebenan. Dort war noch alles dunkel, da die Jalousie ganz heruntergelassen war. Sie tastete sich vorsichtig in Richtung Kinderbett, das nur knapp zwei Meter entfernt stand. Sie hatte bereits den Bettpfosten erreicht, als sie einen bohrenden Schmerz in ihrer Fußsohle spürte. Sie biss sich auf die Zunge, um ja keinen Schrei von sich zu geben, und hob ihren Fuß an. Mit der Hand wischte sie den Legostein beiseite, der sich in ihre Haut gebohrt hatte, und stellte den Fuß wieder auf den Boden. Sie fasste auf die Bettdecke und flüsterte leise: »Raúl. Aufstehen, mein Schatz. Es ist Zeit für die Vorschule.«

Doch ihre Hand ertastete nur die Matratze.

Sie ging einen Schritt näher heran und starrte auf das leere Bett. Dann hörte sie Stimmen und leises Gekicher von unten. *Ist Carlos etwa schon zu Hause? Selten, dass er so früh vom Nachtdienst kommt.* Sie begab sich über die Treppe in das untere Stockwerk, und als sie auf der letzten Stufe stand, wurde sie freudig begrüßt.

»Mama. *Buenos días.*« Raúl rannte auf Sarah zu und umarmte sie. Er reichte ihr gerade mal bis zum Bauchnabel.

»Guten Morgen, mein Schatz«, entgegnete Sarah und fuhr ihm sanft durch sein kurzes schwarzes Haar.

»*Buenos días, mi cariño[10]*«, begrüßte Carlos sie und gab ihr einen Kuss auf den Mund. »Hast du gut geschlafen?«

Noch bevor Sarah antworten konnte, zog Raúl an ihrem Schlafanzug und sprach: »Mama, weißt du, was Papa mir versprochen hat? Er geht mit mir zum Kartfahren.«

»Was?« Sarah warf Carlos einen wütenden Blick zu. »Das ist nicht dein Ernst! Er ist erst fünf, und du willst ihn in einen Rennwagen setzen? Was da alles passieren …«

10   Mein Liebling.

Carlos unterbrach sie mitten im Satz: »Aber, aber. Ich habe mit Darío gesprochen. Er hat einen Freund, der hat eine Kartbahn für Kinder. Nur keine Sorge. Ich passe schon auf ihn auf.« Während er sprach, streichelte er sanft über ihre Wange, und ihr böser Blick verschwand.

Wie sehr sie diesen Mann doch liebte. Sie schaute zu Raúl und sah in seine Kinderaugen. Den treuherzigen Blick hatte er schon ganz gut drauf. Sarah musste lachen. »Okay«, sagte sie. »Aber nun lasst uns erst mal frühstücken.«

Alle drei setzten sich an den gedeckten Tisch und begannen zu essen. Der Speck, den Carlos gebraten hatte, schmeckte köstlich, und auch das frische Brot roch verführerisch.

»Ich war mit Papa heute schon beim Bäcker«, erklärte Raúl stolz.

Sarahs Blick fiel auf die Tageszeitung *El País*. Das Foto einer toten Frau prangte auf der Titelseite.

»Diese Presseleute sind wie die Geier. Noch nicht mal kalt und schon in den Schlagzeilen«, sagte Carlos kopfschüttelnd, als Sarah die Zeitung an sich nahm und durchblätterte.

»Papa? Was ist noch nicht kalt? Was meinst du? Und was haben die Vögel damit zu tun?«

Sarah warf Carlos einen strafenden Blick zu. Dieser grinste sie an, und Lachfältchen bildeten sich um seine Augen herum.

»Raúl, ich meine damit …« Ein Räuspern folgte. »Die Geier sind Greifvögel, das weißt du ja schon, und die stürzen sich auf alles, was nicht mehr lebt.«

Wieder schaute Sarah ihn anklagend an.

»Es ist wohl besser, du machst dich bereit für die Vorschule«, sagte Carlos. »Zähne putzen, Schuhe anziehen, und dann gehen wir, ja?«

Widerwillig stand Raúl von seinem Sitzplatz auf und trottete aus dem Zimmer.

»Das ist doch erst heute Morgen passiert. Wie konnten die das schon drucken?«, fragte Sarah.

»Lies mal, im zweiten Absatz steht es, wer der Tippgeber war.«

»Marcos Jiménez Martín. Arbeitet bei der Straßenreinigung. Okay, klar. Jetzt verstehe ich. Für genügend Geld kann man doch jede Information kaufen.« Sarah legte die Zeitung beiseite. »Was wissen wir schon über die Tote, abgesehen von ihrem Namen?«

»Noch nicht viel, aber der Gerichtsbeschluss für die Untersuchung ihres Handys wurde bereits an den Provider weitergegeben. Somit wird die Aufzeichnung des Anrufprotokolls bald da sein. Dann wissen wir vielleicht mehr. Zumindest wo sie sich wirklich aufgehalten hat. In ihrer Wohnung in Maspalomas, wo sie gemeldet war, wohnte sie auf jeden Fall nicht. Ansonsten müssen wir warten, was die Spurensicherung für Fingerabdrücke und Spuren gefunden hat. Das ist alles noch in der Auswertung. Ich werde Raúl in die Vorschule fahren. Du machst dich fertig, und dann fahren wir ins Büro. Ich brauche dich heute, okay?«

Carlos' Handy piepste und kündigte eine neue Nachricht an. Er zog es aus seiner Hosentasche, drückte die Taste, die das Display erhellte und schaute darauf. Sekunden später steckte er es wieder weg und warf Sarah einen verstohlenen Blick zu.

Die letzten Tage hat er sich mir gegenüber seltsam benommen. Manche Nachrichten liest er in meiner Gegenwart nicht. Er nimmt Gespräche am Handy nicht an oder geht zum Telefonieren nach draußen und schließt die Tür hinter sich. Hat er eine Geliebte? Bin ich nicht mehr die einzige Frau in seinem Leben?

9

Aurelias Kopf dröhnte. Die beiden Cocktails, die sie getrunken hatte, waren zu stark gewesen. Sie massierte sich die Schläfen, bevor sie die Augen öffnete.

»Oh, Mist«, murmelte sie, als sie auf ihr Handy schaute. Es war schon elf Uhr, in ein paar Stunden würde ihr Dienst anfangen. Langsam erhob sie sich aus der Liegeposition und setzte sich an die Bettkante. Ihr Kopf fühlte sich ganz schwer an, und sie hatte Mühe, ihn aufrecht zu halten. Sie schlurfte ins Badezimmer und wusch sich das Gesicht mit kaltem Wasser.

Dann ging sie zur Tür, die in Malias Zimmer führte, und öffnete diese. Das Zimmer war leer und dunkel. Nur durch die Schlitze der Fensterläden schien die Sonne herein. Sie entdeckte einen Zettel, der auf der roten Decke mitten auf dem Bett lag. Aurelia nahm ihn zur Hand und las:

Liebe Aurelia,
ich musste heute schon früh los, noch die

Unterwäsche kaufen, so wie der Chef es von mir wollte. Um 12:00 Uhr werde ich hier abgeholt und auf die Party gebracht. Wir sehen uns morgen.

Besitos[11], Malia

11   Küsschen

10

»Dank der GPS-Daten konnten wir die Position ihres Handys bis auf zehn Meter eingrenzen. Die moderne Technik macht es möglich.« Carlos schaute auf seinen Monitor. Dort blinkte ein blauer Punkt auf der Straßenkarte auf.

»Lass uns einen Ausdruck machen und uns vor Ort umsehen«, sagte Cristiano und grinste. »Was meinst du dazu? Das ist in Loma Dos in Arguineguin. Oben bei den Einfamilienhäusern, wo man den ganzen Ort überblicken kann.«

»Und warum grinst du jetzt so?«, fragte Carlos und schaute Cristiano verwundert an.

»Ein Gentleman schweigt und genießt.«

»Ihr zwei Revolverhelden seid furchtbar«, sagte Sarah. »Wir müssen einen Mord aufklären, und ihr treibt hier Späßchen. Lasst uns endlich fahren.«

Carlos drückte an seinem Computer auf die Druck-Taste, und gleich darauf spuckte der Drucker den gewünschten Kartenausschnitt aus. Sarah nahm das Papier und ging aus dem Büro, ohne sich nochmals zu den beiden umzudrehen.

»Hat sie ihre Tage? Oder stimmt etwas zwischen euch beiden nicht?«, fragte Cristiano leise.

»Ach, du weißt doch genau, was los ist. Diese Geheimniskrämerei ist einfach *tonto*[12]. Ich muss immer aufpassen, dass sie nichts mitbekommt. Bald wird sie die Wahrheit erfahren müssen, denn so halte ich das nicht mehr lange durch.«

»Es wird Tränen geben und hysterisches Gekreische. Das ist dir schon bewusst, oder?«

Carlos seufzte. *Ja, das ist mir bewusst.*

[12] dumm

11

Nikolaj staunte nicht schlecht, als zwei Männer und eine Frau vor seiner Haustür standen.

»*Señor, soy*[13] Inspektor Carlos Muñoz Díaz. Das sind meine Kollegen Sarah Österreicher und Cristiano Ruiz Gomez. Wir haben einige Fragen an Sie. Haben Sie kurz Zeit? Wir waren bereits bei Ihren Nachbarn, diese haben uns mitgeteilt, dass wir Sie befragen sollen. Dürfen wir eintreten?«

Nikolaj seufzte. *Polizei? Was wollen die denn von mir?* »*Señores.* Was kann ich für Sie tun?« Nikolaj reichte allen die Hand zur Begrüßung und bat sie ins Haus. »Bitte gehen Sie durch ins Esszimmer, und entschuldigen Sie die Unordnung hier.«

»Danke«, sagte Carlos und nahm Platz, nachdem Nikolaj Popow ihm einen Stuhl unter dem Tisch hervorgezogen hatte. »Kennen Sie eine Frau van den Berg?«

Cristiano holte das Foto aus dem Ausweis der getöteten Frau aus seiner Brusttasche hervor

13   Ich bin

und legte es auf den Eichentisch.

Nikolaj schluckte. Sein Puls pochte in seinen Ohren, und ein heißer Schwall durchfuhr seinen Körper. *Dörte!*

»Ja, natürlich kenne ich sie«, sagte er. »Sie ist meine Freundin seit einem Jahr. Wieso fragen Sie? Ist ihr etwas passiert?«

»Wir müssen Ihnen leider mitteilen, dass Ihre Freundin heute früh ermordet wurde. Mein Beileid. Ich weiß, es ist im Moment schwer für Sie, allerdings haben wir noch einige Fragen. Fühlen Sie sich dazu imstande, uns diese zu beantworten?« Carlos blätterte in seiner braunen Akte.

Nikolaj sprang von seinem Sessel auf und stellte sich ans Fenster. Die wunderbare Aussicht auf das weite blaue Meer konnte ihn im Moment nicht davon abbringen, in Gedanken zu schwelgen. Gedanken, die weit weg bei Dörte waren und der Nachricht, die ihm der Inspektor gerade übermittelt hatte. Wer war für ihren Tod verantwortlich? Es gab nur eine Person, der er es zutraute, Dörte umgebracht zu haben. Und diese würde er gleich, wenn die Polizei weg war, zur Rede stellen.

»*Señor* Popow? Haben Sie meine Frage nicht

gehört?« Es war Carlos' Stimme, die ihn wieder ins Hier und Jetzt zurückholte.

Nikolaj atmete tief durch und drehte sich zu den dreien um. »*Lo siento*[14]. Ich war nach dieser Nachricht wohl mit meinen Gedanken woanders. Können Sie die Frage noch mal wiederholen, bitte?«

»Haben Sie einen Verdacht, wer Ihre Freundin ermordet haben könnte? Vielleicht war es auch ein Racheakt, der gegen Sie gerichtet war. Sie sind ein sehr wohlhabender Mann und haben auch weitreichende Kontakte. Somit liegt der Verdacht nahe, dass Ihnen jemand schaden wollte.«

Nikolajs Kehle war wie zugeschnürt. Das unsichtbare Seil, das sich um seinen Hals gelegt hatte, raubte ihm für einen Moment die Stimme. Er räusperte sich und sagte: »Nein, da kann ich Ihnen nicht weiterhelfen. Ich habe keine Feinde. Vielleicht war es ein Raubüberfall, der schiefgelaufen ist? Haben Sie ihre Tasche gefunden? Vielleicht war sie nur zur falschen Zeit am falschen Ort. Ach, das ist so schrecklich. Dörte war eine tolle Frau. Ich habe sie wirklich geliebt. Wie sind Sie überhaupt an meine

14   Es tut mir leid.

Adresse gekommen?«

»Ihre Tasche mit den Ausweispapieren und ihrem Portmonee mit Bargeld haben wir am Tatort gefunden«, sagte Carlos. »Sehr unwahrscheinlich, dass es ein Raubüberfall gewesen ist. Es sieht so aus, als wäre Ihre Freundin gezielt ermordet worden. Das Handy Ihrer Freundin konnten wir hier bei Ihnen im Haus orten. Vielleicht wissen Sie ja, wo es liegt, und könnten es uns freundlicherweise aushändigen?«

Nikolaj nickte, ging in den Flur und nahm das weiße Handy mit der silbernen Hülle aus dem Vorzimmerschrank heraus. Er ging wieder zurück ins Esszimmer, wo ihn sechs Augen anstarrten, und übergab Carlos das Handy.

»Dörte war sehr ordnungsliebend, und es musste immer alles an seinem angestammten Platz sein. Das ist ihr neues Handy. Das hat sie erst seit ein paar Wochen. Das alte war … es hatte einfach ausgedient. Somit habe ich ihr ein neues gekauft.« Nikolaj lehnte sich mit seinen Armen auf die Stuhllehne.

»Danke«, sagte Carlos. »Wäre es für Sie möglich, dass Sie heute Nachmittag gegen sechzehn Uhr bei uns auf der Polizeistation vorbeikommen, um die restlichen Fragen zu beantworten? Ich denke mal, Sie müssen zuerst den Schock verdauen. Ich lasse Ihnen meine Karte da.« Carlos legte seine Visitenkarte auf den Tisch.

Danach erhoben sie sich, und nach einer kurzen Verabschiedung schlossen sie die Haustür von außen.

Nikolaj stand am Esstisch und starrte das Wandbild an, das ihm damals seine Frau Bärbel zu seinem fünfzigsten Geburtstag gemalt hatte. Eine nackte, vollbusige, rassige Schönheit lachte ihm mit ihren dunkelbraunen Augen entgegen. Das war bereits acht Jahre her. Ein Abschiedsgeschenk von ihr. Es war kurz vor der Trennung gewesen. *Dieses Miststück!*

Er holte sein Handy aus der Hosentasche, suchte im Telefonverzeichnis ihren Namen und tippte ihn an.

»¿*Sí, mi amor?*[15]«, säuselte Bärbel.

»Sag mal, bist du komplett verrückt?«, brüllte er ins Telefon. »Von allen guten Geistern verlassen?«

»Was ist denn los?« Ein Kichern folgte.

»Du weißt genau, was los ist. Stell dich nicht

15   Ja, mein Liebling.

dümmer, als du bist. Wieso hast du das gemacht?«

»Ich hatte meine Gründe. Ich habe dir immer gesagt, dass ich auf dich aufpasse. Und das habe ich hiermit erfüllt.«

»Hätte es nicht gereicht, wenn du ihr nur einen Schrecken eingejagt hättest? Musstest du sie gleich umbringen lassen? Ich mochte sie. Geht das nicht in deinen Kopf rein?«

»Ich? Diese kleine Schlampe umgebracht? Du hast doch nicht alle Tassen im Schrank! Ich lasse doch keinen umbringen.« Bärbel schnaubte ins Telefon, doch gleich darauf hauchte sie wieder in einem süßlichen Ton: »Kommst du heute zum Abendessen vorbei? Du hast ja derzeit niemanden, der dich bekocht. Ich mache dir *Pelmeni*. Das hast du doch immer so gerne gegessen. Es erinnerte dich immer an deine *Mamuschka,* wenn ich es für dich kochte. Gott hab sie selig. Sagen wir so gegen acht?«

Nikolaj seufzte. *Ich hasse dich so sehr, wie ich dich mal geliebt habe.*

12

Schlaf würde mir auch guttun, dachte sich Sven, als er zu Jenny sah, die wieder in ihrem Apartment auf dem Sofa saß. Gerade erst vor ein paar Minuten waren ihr vor Müdigkeit die Augen zugefallen. Ihr Kopf war in den Nacken gesackt, ihr Mund stand leicht offen, und sie gab leise Schnarchgeräusche von sich. Er saß ihr gegenüber auf dem kleinen Hocker und studierte den Kalender, den ihm wohl Dörte an der Hotelrezeption hinterlassen hatte. Er starrte die Buchstaben und Zahlen an, die am 12. Juni eingetragen waren: ›71318829ZT0R‹. Daneben waren fünf Karos gemalt, eines unten, dann in zwei Reihen jeweils zwei Reihen darüber.

Was bedeutet das? Scheint ein Code zu sein, aber wofür? Dörte liebte Rätsel. Das war eine große Leidenschaft von ihr. Aber wieso musste sie sterben? In was ist sie da reingeraten? Warum hat sie mich damals verlassen? Und warum habe ich sie kampflos gehen lassen?

Er schaute auf die Uhr. Es war kurz vor Mittag. Ewig konnte er hier auch nicht bleiben.

Und sein Magen knurrte. Kein Wunder. Das letzte Essen hatte er im Flugzeug bekommen, und das war immerhin schon über vierundzwanzig Stunden her. Sven stand auf und ging in die Kochnische. Er öffnete die Kühlschranktür und suchte nach etwas Essbarem. Die Auswahl war sehr überschaubar. Eine in Folie eingeschweißte Wurst erweckte seine Aufmerksamkeit. Nach einem prüfenden Blick auf das Haltbarkeitsdatum seufzte er. Seit fast drei Wochen abgelaufen. »Haltbar bis, nicht tödlich ab«, hatte seine Großmutter immer gesagt. Er öffnete die Packung, und ein saurer Geruch drang in seine Nase. Sofort schloss er sie wieder und warf sie in den Mülleimer.

»Was suchst du in meinem Kühlschrank?«

Sven drehte sich zu Jenny um. Sie sah ihn mit verschlafenem Gesicht an.

»Vermutlich suche ich etwas Essbares, was nicht von allein davonläuft oder mit mir spricht, weil es schon lebt«, murmelte Sven. *Boah, was soll ich bloß mit der machen?*

Jenny erhob sich vom Sofa und ging die paar Schritte auf ihn zu. Sven zog das Messer aus seiner hinteren Hosentasche und richtete die Klinge auf sie. Zeitgleich trat er zurück, sodass er mit dem Rücken an der Arbeitsplatte stand.

»Soll ich dir etwas zu essen machen?«, meinte Jenny. »Ich kann recht gut kochen. Für ein Sterne-Restaurant-Menü reicht es zwar nicht, aber mein Essen hat noch niemanden um die Ecke gebracht. Jedenfalls hat sich bisher niemand beschwert.«

Sven musste lachen und ließ die Klinge sinken. »Mit was für Zutaten willst du denn etwas kochen? Hier ist doch nichts. Davon abgesehen könntest du mir auch Gift ins Essen mischen. Lass das mal lieber sein.«

»Hast du mir nicht erklärt, dass du derjenige mit dem Messer bist? Und mich jederzeit töten könntest?« Ein verschmitztes Lächeln huschte ihr über die Lippen.

»Mir kommt es so vor, als ob du meine Drohungen nicht ernst nimmst.« Sven packte sie am Unterarm und schaute ihr direkt in die Augen. Er sah keinerlei Panik darin. Auch das Zittern war verschwunden. *Wieso hat sie keine Angst mehr vor mir?*

»Doch, ich nehme dich ernst. Allerdings, wenn du mich hättest töten wollen, dann wäre ich schon tot. Oder?« Jenny hielt seinem Blick stand.

Ganz nah war ihr Körper, und er spürte ihre Wärme. Für einen kurzen Moment entflammte in ihm ein kribbelndes Gefühl. Ein Flügelflattern in der Magengegend. Er stieß sie leicht von sich und ließ ihren Arm los.

»Das stimmt wohl«, sagte er. »Aber zwinge mich nicht, es mir anders zu überlegen. Ich habe eine Vergangenheit, von der du besser nichts wissen solltest.«

»Eine Vergangenheit haben wir alle. Jeder hat seinen Rucksack des Lebens selbst zu tragen. Nur ist die Frage, wie viel man mit sich weiter rumschleppen möchte und ob es nicht besser ist, manche Dinge einfach aus seinem Rucksack zu werfen.«

Sven staunte nicht schlecht. Stunden zuvor hatte sie Dörtes blutüberströmten Leichnam auf der Straße gesehen, hatte hysterisch geschrien, war von ihm entführt und bedroht worden, und nun stand eine völlig andere Frau vor ihm und erzählte ihm Lebensweisheiten. *Die hat echt einen an der Waffel!*

Jenny öffnete den Kühlschrank und förderte ein Ei zutage, das sich in der Ablage der Tür befunden hatte. Sie trat auf ihn zu und legte ihre Hand auf seinen Unterarm.

Ein Schaudern lief über seinen Rücken, und er starrte sie ungläubig an.

»Lässt du mich zur Herdplatte, bitte? Dann kann ich uns etwas kochen.«

Völlig perplex und überfordert mit der neuen Situation trat Sven zur Seite und beobachtete Jenny, die gerade einen Kochtopf mit Wasser aus einer Flasche füllte. Danach kramte sie im Küchenschrank und holte verschiedene kleine Pakete mit Nudeln heraus.

»Du kochst allen Ernstes? Und was machst du mit dem Ei?«

»Na ja, was wohl?«, sagte Jenny und lachte. »Ich mache uns Nudeln mit Ei. Was denn sonst? Hast du eine bessere Idee?«

»Bei dem, was sich in deinem Kühlschrank befindet, bezweifle ich, dass ich das essen möchte. Da brauchst du kein Gift mehr reinzugeben. Das Essen tötet einen auch so.«

»Warte. Das probieren wir aus«, sagte Jenny und holte eine kleine Schüssel heraus, in die sie das Ei legte. Sie füllte Wasser hinein, und das Ei blieb am Boden liegen. Triumphierend zeigte sie auf die Schüssel. »Siehst du? Das Ei ist noch gut.«

Das Wasser auf der Herdplatte brodelte

bereits, und Jenny gab die Teigwaren in den Topf.

»Wieso machst du das?«, fragte Sven.

»Na, die Nudeln ...«, sagte Jenny.

Sven unterbrach sie schroff. »Wieso du keine Angst vor mir hast, will ich wissen.«

Jenny drehte sich zu ihm und atmete tief ein und aus. Dann ging sie einen Schritt auf ihn zu und sprach: »Anfangs dachte ich wirklich, du hast diese Frau umgebracht und wirst auch mich umbringen. Aber nachdem wir im Hotel waren, du dieses Paket bekommen und mir die Treppe hochgeholfen hast, war ich mir sicher: Du bist kein Mörder, und du wirst mir nichts tun. Du bist in eine Sache reingeraten, für die du nichts kannst. Allerdings stelle ich mir schon eine Frage: Warum bist du vom Tatort abgehauen, wenn du ihr nichts getan hast? Warum hast du nicht die Polizei gerufen?«

Sven sah in diese rehbraunen Augen, die ihn mitfühlend und gleichzeitig auch neugierig anblickten. *Wie kann ein Mensch einem bloß so schnell vertrauen? Ich könnte jederzeit das Messer zücken und ihr die Kehle durchschneiden. Klar hat sie recht. Allerdings weiß sie nicht, wer ich wirklich bin, oder besser gesagt, wer ich einmal war. Vielleicht ist es auch besser so, dass sie es nicht weiß. Ich kann ihr auf keinen Fall vertrauen. Das ist vielleicht nur eine Masche von ihr, um von mir wegzukommen. Wer weiß, vielleicht rennt sie bei der nächsten Gelegenheit schreiend nach draußen.*

Ihre Blicke durchdrangen ihn und suchten nach einer Antwort in seinem Gesicht.

13

»*Señor* Popow, danke, dass Sie gekommen sind«, sagte Carlos und streckte Nikolaj die Hand zur Begrüßung entgegen.

Nikolaj erwiderte den Händedruck und setzte sich auf den zugewiesenen Platz in Carlos' Büro. Der Stuhl knarzte unter seinem Gewicht verdächtig laut.

Sarah nickte Nikolaj zu.

»Wir beginnen gleich, wenn es Ihnen recht ist«, sagte Carlos. »Hat Ihre Freundin bei Ihnen gewohnt? Wir waren in der Calle Las Dunas in Maspalomas, dort fanden wir aber keine Anzeichen, dass sie dort gelebt hat.«

»Ja, vor knapp einem halben Jahr ist sie zu mir gezogen. Die Wohnung hatte sie sich bei ihrer Auswanderung im Jahr 2015 gekauft und wollte sie nun wiederverkaufen. Zu einem höheren Preis, versteht sich.«

»Ist Ihnen in der Zwischenzeit etwas dazu eingefallen, wer Ihre Freundin ermordet haben könnte? Gibt es irgendjemanden, den Sie in Betracht ziehen? Jeder Hinweis kann uns weiterhelfen.«

»Ja, vielleicht«, antwortete Nikolaj. »Es gibt da den Ex-Freund von Dörte. Ein gewisser Sven Wagner. Er hat die Trennung nie verkraftet, obwohl er sie damals misshandelt hat. Wirklich schlimm misshandelt. Sie hatte unzählige Blutergüsse und Knochenbrüche und musste mehrere Tage im Krankenhaus bleiben. Sie hatte keinerlei Erinnerung mehr an diesen schrecklichen Tag. Ich kann Ihnen natürlich zu diesem Vorfall auch nicht mehr sagen. Ich weiß nur das, was damals die Polizei rekonstruiert hat.«

Carlos notierte sich den Namen in der Akte, die vor ihm lag. »Wissen Sie zufällig, wo sich dieser Sven Wagner aufhält? Jede Information könnte wichtig sein, auch wenn es Ihnen derzeit nicht wichtig erscheint.«

»Ich habe nur eine alte Adresse von Dörte in Österreich. Sie war zwar Holländerin, lebte aber bereits Jahre vor unserem Kennenlernen mit diesem Typen in Österreich. Dieser Schlägertyp hatte in der Obersteiermark ein Haus. Dort hat sie mit ihm unter einem Dach gelebt, bevor die beiden 2015 hierher nach Gran Canaria zogen. Ob er heute in Österreich wohnt oder auf der Insel ist, weiß ich leider nicht. Er ist damals, nach dem schrecklichen Vorfall mit Dörte, spurlos verschwunden. Die Polizei hat ihn nicht aufspüren können, obwohl sie sofort eine Großfahndung nach ihm rausgaben.«

»*Vale,* wir werden das natürlich umgehend überprüfen.«

»Kann ich sie mir ansehen? Ich meine, Sie werden jemanden brauchen, der sie identifiziert, oder?«

»Ja, das wäre hilfreich«, sagte Carlos. »Wenn Sie das wollen. Aber ich warne Sie vor. Es ist kein schöner Anblick.«

»Wie ist sie ermordet worden?«

»Ihr wurde die Kehle durchgeschnitten. Sie ist binnen Minuten verblutet.«

»Können Sie mich zu ihr bringen, bitte?«, bat Nikolaj. »Dann kann ich mich von ihr verabschieden. Und von wem bekomme ich ihre persönlichen Sachen, die sie bei sich trug?«

»Ihre persönlichen Sachen sind bis zum Abschluss der Ermittlungen als Beweismittel sichergestellt. Wenn Sie wollen, wird mein Kollege Sie zur Gerichtsmedizin bringen.« Carlos stand von seinem Stuhl auf.

Nikolaj erhob sich ebenfalls und reichte ihm zum Abschied die Hand. »Finden Sie den Mörder

meiner Freundin. Versprechen Sie mir das.«
Nikolaj sprach noch, während er das Büro
verließ und von einem Polizeibeamten in
Empfang genommen wurde.

Carlos schloss die Tür und schaute zu Sarah,
die in dem ganzen Gespräch kein Wort gesagt
hatte.

»Was denkst du über ihn?«, wollte er wissen.

Sarah schaute ihn mit fragendem Blick an.
»Ich finde, er reagiert sehr gelassen. Vielleicht
ein wenig zu gelassen. Seine Freundin wurde
brutal ermordet, und er fragt nach ihren
persönlichen Sachen. Und präsentiert uns gleich
einen Hauptverdächtigen. Ich weiß nicht,
irgendwas stimmt bei diesem Typen nicht.
Vielleicht hat er sie sogar selbst ermordet?«

»Ja, da gebe ich dir recht. Irgendwas
verheimlicht er uns. Aber lass uns zuerst mal
diesen Wagner überprüfen. Danach werden wir
Señor Popow unter die Lupe nehmen.«

14

Aurelias Kunde hatte gerade die Tür hinter sich geschlossen, da hörte sie bekannte Männerstimmen aus Malias Zimmer. Die Neugier siegte, und sie drückte leise die Klinke nach unten. Sie öffnete die Tür gerade so weit, dass sie mit einem Auge hineinblicken konnte. Direkt in ihrem Sichtfeld stand ein großer brauner Karton. Den Inhalt konnte sie nicht erkennen. Ein Geklimper drang aus dem Raum. Es hörte sich an wie Metall, das auf Metall traf. Wie von Geisterhand flog von der rechten Seite ein Kleid in den Karton.

Was machen die da? Was soll denn das?

Aurelia überlegte nicht lange und riss die Tür auf. Vladimir und Ivan standen vor Malias offenen Schranktüren und räumten ihre Sachen aus. Beide hatten sie noch nicht bemerkt.

»Was macht ihr da? Das sind die Sachen von Malia!«, sagte Aurelia empört und stemmte ihre Hände in die Hüften.

Vladimir, dem Aurelia den Spitznamen »Dreieck« gegeben hatte, weil sein Körper diese symmetrische Form aufwies, drehte sich zu ihr um und sprach: »Geh in dein Zimmer, Schlampe! Das geht dich hier gar nichts an!«

Aurelia ging einen Schritt auf den Karton zu und wollte gerade Malias Sachen herausnehmen, da packte Vladimir sie mit festem Griff von hinten an den Hüften. Aurelia schrie auf, als sie merkte, dass ihre Füße keinen festen Boden mehr unter sich hatten. Hilfe suchend schaute sie zu Ivan, der sich zu den beiden umgedreht hatte. Ivan war ein Stück kleiner als Vladimir, allerdings genauso muskelbepackt. Er warf ihr einen mitfühlenden Blick zu und zuckte leicht mit den Schultern.

»Du sollst in dein Zimmer gehen, habe ich gesagt. Du bist anscheinend noch zu energiegeladen. Das werden wir gleich ändern.« Vladimir drängte sie in ihr Zimmer und schmiss sie auf ihr Bett. Dann verschloss er die Tür, die auf den Gang führte. Somit ging das rote Licht über ihrem Zimmer an, und er hatte sie für sich allein.

Aurelia bekam Panik. Sie wusste genau, was nun passieren würde. Die ersten Tränen bahnten sich ihren Weg aus ihren Augenwinkeln. Vladimir machte das nicht das erste Mal mit ihr. In der Anfangszeit, als sie hier gelandet war, vor zwei Jahren, war er immer wieder zu ihr gekommen, um sie gefügig zu machen. Noch bevor ihr ein Wort des Widerstandes über die Lippen kam, versetzte er ihr den ersten Faustschlag in die Magengegend. Reflexartig zog sie ihre Knie näher an ihren Körper heran. Noch bevor sie den Schmerz auf ihrer Wange spürte, hörte sie den Knall, den die Ohrfeige, die er ihr verpasste, verursachte. Ihr Körper war wie erstarrt. Ihr Slip zerriss unter Vladimirs brutalen Händen in zwei Stücke. Aurelia konnte ihr Schluchzen nicht mehr unterdrücken und weinte bitterlich. Ihre Hände stemmten sich gegen seinen Brustkorb.

Hör endlich auf, schrie ihr Verstand. *Hör auf zu heulen, sonst machst du ihn noch wütender. Du weißt doch genau, was mit der Rothaarigen vor einem Jahr passiert ist.* Auch sie hatte sich gegen Vladimir gewehrt und war dann von einer Sekunde auf die andere verschwunden. *Willst du auch so enden? Irgendwo entsorgt werden, wo dich niemand findet?*

Ihre Hände sanken neben ihren Körper, und sie ließ geschehen, was vorbestimmt war. Vladimir packte sie und drehte sie auf den Bauch. Aurelia hörte das Geräusch eines sich öffnenden Reißverschlusses und schloss die Augen. Der Schmerz, den sie gleich spüren würde, würde ihr wieder durch Mark und Bein gehen.

»Vladimir. Hör auf zu spielen und hilf mir, die Sachen wegzubringen.« Es war die Stimme von Ivan, der doch zu helfen versuchte.

Sie wusste nicht mehr, wie oft sie sich an Ivans Schultern ausgeweint, wie oft sie ihm ihr Leid geklagt hatte. Er war derjenige, der ihr und auch den anderen Mädchen in diesem Puff wieder ein wenig Leben schenkte. Er ließ sie allein aus dem Haus gehen – natürlich immer mit der Auflage, dass sie zu einer bestimmten Uhrzeit wieder da sein sollten. Woran sich auch jede Frau hielt, die hier drinnen arbeiten musste. Vladimir stand vom Bett auf, zog sich seine Hose hoch, und ohne sie anzusehen, ging er zurück in Malias Zimmer.

Warum packen die die Sachen von Malia weg? Hat sie es wirklich geschafft, hier herauszukommen, aus diesem Höllenloch?

15

Sven stand vom Hocker auf. Er seufzte schwer. Die Zahlen und Buchstaben in dem Kalender raubten ihm noch den letzten Nerv. Jenny saß auf dem Sofa, hatte sich eine Decke über ihre Beine gelegt und war in ein Buch versunken, sodass sie nicht einmal bemerkte, dass er aufstand.

»Das ist scheiße!«, schrie Sven und wischte mit seiner Hand das Notizbuch vom Tisch. Ein leiser Aufschrei. Als Sven in Jennys Richtung schaute, sah er ihren entsetzten Blick. Sie erstarrte und rührte sich nicht. »Entschuldigung«, brabbelte er. »Ich wollte dich nicht erschrecken. Es ist nur ... ach, ich weiß auch nicht.«

Jenny ließ ihr Buch auf den Schoß sinken und richtete sich auf. Sie schaute zu dem Kalender, der auf dem Boden lag, und zog ihre Augenbrauen in die Höhe. »Auch wenn du den Code knacken kannst, was erhoffst du dir davon? Das drinsteht, wer deine Freundin umgebracht hat?«

Sven strafte sie mit einem verächtlichen Blick

und schnaubte. »Ehrlich? Es geht dich gar nichts an, was ich mir erhoffe.« Suchend schaute er sich in der Wohnung um, und eine grüne Flasche erweckte seine Aufmerksamkeit. Er holte sie aus dem Regal und las das Etikett. »Rioja« prangte darauf und ließ mit einem Mal den Speichel in seinem Mund zusammenfließen. Wie lange war das wohl her? Wann hatte er seinen letzten Tropfen Alkohol getrunken? Und vor allem, sich geschworen, nie wieder jemanden anzugreifen? Nicht nachdem *das* passiert war. Allerdings hatten sich nun die Zeiten geändert, und was würde so ein Glas Rotwein schon ausmachen?

»Du willst jetzt einen Wein trinken? Sag mal, spinnst du? Du brauchst einen klaren Kopf, um nachzudenken.«

»Was ich mache, geht dich gar nichts an. Kümmere dich um deinen eigenen Scheiß!«, sagte Sven und drehte den Plastikverschluss der Flasche auf. Er setzte den Flaschenhals an seinen Lippen an, zögerte aber. Die Vergangenheit holte ihn wieder ein. Das Geschehene, das lange Zeit tief in seinem Gedächtnis vergraben war, lag nun wieder auf dem Präsentierteller, so als wäre es erst gestern passiert. Die Bilder von Dörte kamen wieder in seinen Kopf. Der Streit. Auch ihr langer, schriller Schrei dröhnte in seinen Ohren. Die Bilder vom Treppenhaus, wo sie am Boden lag und sich vor Schmerzen krümmte, vermischten sich mit denen von heute.

Der süßliche Duft des Weines drang in seine Nase und befahl seinem Hirn, endlich die Lippen zu öffnen, um wieder vergessen zu können. Um endlich den Schmerz zu lindern, den er schon seit Jahren empfand. Er hatte nicht nur Dörte verloren, sondern auch sein ganzes Leben. Damals genauso wie heute.

Jenny sprang vom Sofa auf und rannte auf Sven zu. Sie riss ihm die Flasche vom Mund weg, und sie zerschellte mit einem lauten Klirren auf dem Boden. Der rote Nektar bahnte sich seinen Weg zwischen den Glasscherben hindurch.

Sven brauchte einen Moment, um sich zu fangen. Kurz bevor seine flache Hand auf Jennys Wange traf, kam er wieder in der Realität an. Seine Bewegung stoppte abrupt.

Jenny hatte ihre Hände schützend vor ihr Gesicht gelegt. Wie ein Felsen stand sie da und wartete auf den großen Knall. Ihr Körper zitterte wieder.

Sie hat nichts falsch gemacht, ertönten die Stimmen in seinem Kopf. Eine Woge des Entsetzens breitete sich in seinem Körper aus. Wie in einem Spiegel sah er sich selbst in dieser Situation. Sein Kopf fühlte sich heiß an, und sein Herz pochte schnell. Er musste auf sie wie ein wild gewordener Stier wirken. Er zog seine Hand zurück und starrte sie an.

Leise wimmernd lugte sie zwischen den Fingern hervor. Es dauerte ein paar Momente, bis sie wohl begriff, dass die Gefahr, die Sekunden zuvor noch von ihm ausging, vorbei war. Langsam ließ sie ihre Hände sinken.

»Warum hast du das getan?« Sven war fassungslos über ihre Tat. Wäre er nicht frühzeitig zur Besinnung gekommen, wer weiß, vielleicht hätte er sie sogar getötet. Wie konnte sie nur so dumm sein und sich selbst in Gefahr bringen?

Jenny schniefte und stammelte: »Ich ... keine ...«

Das kleine Häufchen Elend, das er vor sich sah, erweckte in ihm ein Gefühl, das er schon lange nicht mehr gespürt hatte.

16

»Schau mal, von wem ich heute eine Mail bekommen habe«, sagte Sarah und zeigte Carlos ein Foto von einem schwarzhaarigen Jungen. »Sie schreibt, es geht ihr gut. Nach der Geburt ihres Sohnes hat sie eine Therapie angefangen und eine Selbsthilfegruppe für Vergewaltigungsopfer gegründet. Und dieses Jahr im Januar hat sie sogar geheiratet. Ist das nicht toll? Kathi ist so eine starke Frau. Ich weiß nicht, wie ich in ihrer Situation reagiert hätte.«

Carlos nahm den Ausdruck in seine Hand und betrachtete den lächelnden Jungen. Die Augen strahlten Freude und Lebensenergie aus. »Wenn ich an seinen Erzeuger denke, stellt es mir die Nackenhaare auf. Das war eine Geschichte, was? Allerdings hätten wir uns nie kennengelernt, wenn diese Entführung nicht gewesen wäre.« Carlos legte seine Handflächen auf Sarahs Wangen.

Ihr huschte ein sanftes Lächeln über die Lippen. »Ich liebe dich«, flüsterte sie, und er gab ihr einen Kuss.

Der Kuss wurde von Carlos' Handyläuten

unterbrochen. Mit einem leichten Seufzen zog er das Telefon aus seiner Hosentasche und nahm das Gespräch entgegen.

»¿Sí?[16]« Carlos lauschte den Worten des Anrufers. »Ja, wir kommen sofort«, sagte er und legte auf. Noch bevor er Sarah erklären konnte, wo die beiden nun hinfahren würden, stürmte Raúl ins Wohnzimmer, wo sie auf dem Sofa saßen, nahm Anlauf und ließ sich mit voller Wucht auf Carlos fallen. Dieser stöhnte auf und lachte. »Na, mein Großer? Wie war es heute in der Vorschule?«

»Papa, du musst dir vorstellen. Heute haben wir ganz allein Kekse gebacken, und niemand hat uns geholfen«, sagte Raúl und strahlte über das ganze Gesicht.

»Ich nehme mal an, die Lehrerin hat ein wenig mitgeholfen, nicht wahr?«, mischte sich Sarah ins Gespräch ein und zwinkerte ihrem Sohn zu. »Und anhand der Farbe um deinen Mund herum würde ich sagen, ihr habt Schokokekse gebacken.«

Raúl nickte und förderte stolz aus seiner Hosentasche einen angebissenen Keks zutage, den er Carlos unter die Nase hielt. »Papa. Koste

16   Ja?

76

mal!«

Der Keks war mit weißen Fusseln verziert, trotzdem nahm Carlos ihn und biss ein Stückchen ab. »Den hast du wirklich gut hingekriegt, ja. Vielleicht magst du mit Oma noch ein Blech mit Schokokeksen machen? Mama und ich müssen noch arbeiten.«

Elenore, die Mutter von Sarah, stand im Türrahmen und beobachtete das Schauspiel mit einem Lächeln im Gesicht. Sie streckte ihre Hand nach Raúl aus und sagte: »Komm. Wir beide werden leckere Kekse backen, bis deine Eltern wieder von der Arbeit zurück sind.« Raúl sprang auf und nahm ihre Hand, und die beiden machten sich auf den Weg in die Küche.

»Es ist schön, dass Mama und Papa sich entschlossen haben, hierher auf die Insel zu ziehen, findest du nicht?«, sagte Sarah und wandte den Blick Carlos zu, der damit beschäftigt war, die Flusen aus seinem Mund zu bekommen.

Carlos nickte und schlug ihr sanft auf den Oberschenkel. »Komm. Wir müssen los. Es wurde eine Tote gefunden. Ein Fischer aus Arguineguin hatte sie im Netz. Wir müssen zum Hafen.«

Als die beiden ankamen, wurde das Netz mit dem grausamen Inhalt gerade aus dem kleinen Fischerboot gehievt, das im Wasser gefährlich schaukelte. Die Straße zum Hafen war gesperrt und ein Polizeiboot blockierte die Hafeneinfahrt, damit keine Boote anlegen konnten und der Schauplatz vor neugierigen Augen gesichert war. Das Auto der Gerichtsmedizin fuhr langsam am Dock entlang. Die Tote lag auf dem Beton, und rund um sie im Netz herrschte noch ein buntes Treiben. Krabben versuchten verzweifelt, aus der Gefangenschaft zu entkommen. Auch eine Schildkröte hatte sich verfangen. Die Fische tanzten um ihr Leben und brachten das Netz in Bewegung.

Carlos holte sein Messer aus der Gürteltasche und schnitt das Tau durch. Der Fischer protestierte zwar und wollte ihn davon abhalten, sein Netz zu zerstören, allerdings prallten auch die übelsten Beschimpfungen an Carlos ab. Einige Tiere nutzten die Gelegenheit, um wieder ins Meer zu springen, ganz zum Missfallen des Fischers. Carlos achtete nicht mehr auf den fluchenden alten Mann, der sich die Haare raufte, weil ihm sein heutiger Fang durch die

Lappen ging. Er kniete sich hin und schaute sich die Tote genauer an. Die dunkle Hautfarbe ließ auf eine afrikanische Herkunft schließen. Auch die gekräuselten schwarzen Haare unterstrichen diese Vermutung. In ihrem hübschen Gesicht fanden sich mehrere Schnittverletzungen. Allerdings konnten die nicht die Todesursache gewesen sein. Die Frau lag auf dem Rücken, und auch die Hände wiesen blutige Spuren auf. Carlos ließ seinen Blick über ihren Körper schweifen und wunderte sich über die Bekleidung der Toten – ein Hauch von weißem Nichts mit Spitze. *Ist sie vielleicht segeln gewesen und über Bord gefallen? Aber wer geht segeln in so einem Aufzug? Was ist bloß mit diesem armen Ding passiert?*

»*Vale,* ich will wissen, wer sie ist und wie das passiert ist«, sagte Carlos und drehte sich zum Gerichtsmediziner um. Dann sah er den Fischer an und fragte: »Wo hast du sie aus dem Meer gezogen?«

»Nicht weit von hier. Ich kann Ihnen gerne die Stelle zeigen.« Er holte sein Fernglas aus dem kleinen Boot, das seine besten Tage auf See bereits hinter sich hatte, stellte sich auf die Kaimauer und schaute hindurch. Dann reichte er es Carlos und sprach: »Sehen Sie die rote Boje dort draußen? Genau dort lege ich mein Netz aus. Dort habe ich sie herausgefischt.«

Carlos sah die Boje im Wasser schaukeln. Er schwenkte ein wenig nach links und dann ein Stück nach rechts. Allerdings sah er kein weiteres Boot auf dem offenen Meer. Er nahm das Fernglas herunter und versuchte, mit bloßem Auge etwas zu entdecken. Erfolglos. Carlos schnappte sich sein Telefon und wählte eine Nummer. Gleich darauf sagte er: »Kommt herein und nehmt den Fischer mit. Ich will, dass ihr zu der Stelle fahrt, wo er das Netz herausgezogen hat. Nehmt auch bitte Taucher mit. Vielleicht finden wir dort einen Anhaltspunkt, was passiert ist.«

Er drehte sich um zu Sarah, die sich bereits mit dem Gerichtsmediziner unterhielt. Auch Cristiano war vor Ort eingetroffen und schrieb fleißig in sein Notizbuch, was der Arzt erzählte. Carlos stellte sich zu den dreien dazu und folgte aufmerksam den Ausführungen des Docs.

»... die roten Striemen an ihren Fuß- und Handgelenken deuten darauf hin, dass sie gefesselt wurde. Anders kann ich mir diese Verletzungen nicht erklären. Auch die kreisrunden roten Abdrücke auf ihrem Oberkörper werde ich mir genauer ansehen. Aber ihr müsst warten, bis ich sie auf meinem Tisch habe. In ein paar Stunden habt ihr den Bericht.« Der Doc verabschiedete sich mit einem Kopfnicken, stieg in sein Auto und brauste dem schwarzen Wagen vor ihm hinterher.

»Also, was wissen wir?«, sagte Carlos und schaute Sarah und Cristiano fragend an.

»Sie ist noch nicht lange tot, sagt der Doc«, meinte Cristiano und schaute von seinen Notizen auf. »Ist anscheinend heute in der Nacht passiert. Also an die zehn bis zwölf Stunden. Es zeigen sich eindeutige Fesselspuren an Hand- und Fußgelenken. Genaueres wissen wir in ein paar Stunden.«

»Sag mal, sollte der Bericht der Spurensicherung über Dörte van den Berg nicht schon längst da sein?«, fragte Carlos. »Die lassen sich mal wieder unendlich viel Zeit.«

***

Wenig später waren Cristiano, Sarah und Carlos im Polizeirevier angekommen.

»Ich brauche nur einen kurzen Moment, dann fahren wir nach Hause«, sagte Carlos zu Sarah und machte die Tür zu seinem Büro auf. Er sah die Akte auf dem Tisch liegen, griff danach und öffnete sie. Angespannt las er. Ein leiser Pfiff kam ihm über die Lippen. Dann drehte er sich wieder zu den beiden um.

Sarah und Cristiano sahen ihn mit großen Augen an.

»Sven Wagner ist ein ehemaliger Polizist und steht unter dem Tatverdacht, einen Mann in Maspalomas ermordet zu haben. Allerdings wurde er nicht verurteilt, da er sich der Festnahme entzogen hatte und seitdem auf der Flucht ist. Das ist vor knapp einem Jahr, genauer gesagt am 12. Juni, in der gemeinsamen Wohnung in Maspalomas passiert. Dort, wo auch van den Berg gemeldet war. Seine damalige Freundin Dörte van den Berg wurde von ihm an diesem besagten Tag brutal misshandelt und die Treppe hinuntergestoßen. Sie konnte keinerlei Angaben zu dem Vorfall machen. Eine schwere Gehirnerschütterung zog einen temporären Gedächtnisverlust nach sich. Der Mann, den Wagner ermordet haben soll, hieß Fabio Lopéz Peréz. Kein unbeschriebenes Blatt. Aber eher kleinere Delikte wie Überfall und Körperverletzung. Und das Beste kommt jetzt.«

Carlos zeigte den beiden den Bericht der Spurensicherung. »Der Handabdruck neben der Leiche von Dörte van den Berg stimmt exakt mit Wagners überein. Das heißt, Wagner ist hier auf der Insel.«

»Aber das kann doch nicht möglich sein, dass er einfach hier einreisen kann«, warf Sarah ein. »Er muss doch auf einer Fahndungsliste stehen. Er wird doch weltweit gesucht. Das ist doch im System vermerkt. Er muss sich auf der Insel versteckt haben, das ist die einzige Möglichkeit.«

»Du vergisst eines, mein Schatz«, sagte Carlos und lächelte sie an. »Er ist ein ehemaliger Polizist. Somit hat er mit Sicherheit weitreichende Kontakte. Nichts ist einfacher, als sich einen gefälschten Pass machen zu lassen oder sich bei jemandem zu verstecken.«

»Und wie sollen wir ihn finden? Wir kennen seinen falschen Namen nicht«, sagte Cristiano und legte seine Stirn in Falten. Noch bevor Carlos etwas sagen konnte, veränderte sich seine Mimik blitzartig, und die Lösung sprudelte aus ihm heraus: »Natürlich, die Überwachungskameras am Flughafen!« Das Funkeln in Cristianos Augen hielt nur ein paar Sekunden an. »Oh Mann. Dafür brauchen wir

Wochen. Es kommen Tausende Touristen am Tag hier an.«

»Schon mal was von Gesichtserkennungssoftware gehört?« Carlos lachte, als er Cristianos Blick sah. »Heutzutage geht das alles automatisch. Ich werde das gleich an die Spezialabteilung weitergeben. Die sollen sich darum kümmern.«

17

Er hat sie umgebracht. Wer soll es denn sonst gewesen sein? Dieser Hurenbock! Er hat mir mein Leben genommen und auch das von Dörte zerstört. Warum kann ich mich bloß nicht mehr richtig an den Unfall erinnern?

Die ganze Nacht hatte er sich das Gehirn zermartert. Es hatte nur kurze Schlafpausen gegeben, denn jedes Mal, wenn er ins Reich der Träume versunken war, war er durch die aufkommenden Bilder wieder hochgeschreckt. Alles war wieder genauso präsent gewesen wie vor einem Jahr.

Er hämmerte mit den Fäusten gegen seinen Schädel. Er schloss die Augen und versuchte, sich die Situation nochmals vorzustellen. Aber es gelang ihm nicht. Nur kurze Szenen kamen ihm ins Gedächtnis und wurden sofort überdeckt von Dörtes blutigem Gesicht.

»Verdammte Scheiße noch mal!«, schrie er. Er schaute auf. Jenny sah ihn mit verwunderten Augen an. Nach dem Zwischenfall mit der Weinflasche hatte sie sich auf das Sofa gesetzt und seither kein Wort mehr mit ihm gesprochen.

Auch sie hatte sehr wenig geschlafen und schrak hoch, als er sich ruckartig bewegte. Er schaute ihr in die Augen, und sie wich sofort seinen Blicken aus und sah auf den Boden.

Was habe ich jetzt bloß wieder angerichtet?

Er kratzte sich an den Schläfen und fuhr mit den Handflächen seinen nicht vorhandenen Bart ab.

Warum muss denn immer alles so kompliziert sein?

»Ich ... ah ...«, stammelte er und ging einen Schritt auf sie zu. Sie rutschte von ihm weg. Sven seufzte. Einen schweren Atemzug später setzte er erneut zu einem Gespräch an: »Entschuldigung wegen gestern. Es war nicht so gemeint. Ich wollte wirklich nicht ...« Er legte eine kurze Pause ein. Jenny schaute weiterhin auf den Boden und würdigte ihn keines Blickes. »Es gibt da etwas, was du nicht weißt ...«

Jenny schaute zu ihm auf, und ihre Augen funkelten böse. »Ich weiß überhaupt nichts, falls dir das nicht aufgefallen ist. Ich kenne nicht mal deinen Namen. Um ein Haar hättest du mich geschlagen.«

Sven konnte ihrem Blick nicht standhalten und schaute weg. »Ich heiße Sven«, murmelte er.

»Schön, Sven. Normalerweise würde ich

sagen: Freut mich, dich kennenzulernen. Allerdings kommt mir das in dieser Situation nicht passend vor. Dann erzähl mal, *Sven*. Wieso wolltest du mich schlagen?«

Sven spürte dieses beklemmende Gefühl, das seinen Brustkorb zusammenzog und seinen Herzschlag fast verdoppelte. Nach einigen Sekunden des Schweigens trafen ihn Jennys Worte wie ein Haken von Mike Tyson mitten ins Gesicht.

»Wieso wolltest du mich schlagen?«, schrie sie ihn an, sprang vom Sofa auf und rannte mit geballten Fäusten auf ihn zu. Wutentbrannt schlug sie auf seinen Oberkörper ein. Ihr Gesicht war knallrot angelaufen, und Tränen flossen ihr über die Wangen. Er hielt sie, nachdem sie ihm einige Hiebe verpasst hatte, an ihren Handgelenken fest. Sie schrie und trat nach ihm. Allerdings verfehlte sie ihr Ziel.

»Bitte beruhige dich. Ich erzähle dir alles, okay? Aber zuerst musst du dich beruhigen.« Sven ließ ihre Handgelenke los und drückte Jenny an seinen Körper. Ihre Atmung ging schnell. Anfangs wehrte sie sich noch, doch einen kurzen Moment später weinte sie bereits an seiner Brust. Sanft fuhr er ihr über den Rücken, und das Schluchzen wurde leiser. »Ich bin trockener Alkoholiker. Und das gestern mit Dörte, der Frau, die ermordet wurde, hat mich aus dem Konzept gebracht. Mein Leben ist zerstört. Verstehst du das? Ich muss herausfinden, wer ihr Mörder ist. Ich wollte dich nicht schlagen. Wirklich nicht. Ich war gefangen in den Gedanken an mein früheres Leben. Ich bin Gott sei Dank noch frühzeitig zur Besinnung gekommen. Hilf mir bitte.«

Bei seinen letzten Worten schaute Jenny zu ihm hoch. Sie befreite sich aus seinen Armen und setzte sich wieder auf das Sofa. »Und wie denkst du, soll ich dir helfen? Vor allem, warum sollte ich das tun?«

Sven setzte sich zu ihr und nahm ihre Hand. Fragende Blicke durchbohrten ihn. »Ich weiß. Unser Kennenlernen war vielleicht nicht optimal, und ich habe mich nicht wie ein Gentleman verhalten. Aber ich verspreche dir, das werde ich ab sofort ändern.«

Jenny lachte, doch das Lachen erstarb, als sie seinen Gesichtsausdruck sah. »Du meinst das ernst, oder? Du willst wirklich, dass ich dir helfe!«

Sven nickte.

18

»Sag mir sofort, was hier los ist«, flüsterte Aurelia in Ivans Ohr, als sie ihn allein an der Bar antraf. Mittlerweile war es mittags, und es waren sowieso keine Kunden im Geschäft. Somit hatte sie Zeit, endlich Antworten auf ihre Fragen zu bekommen.

Ivan schaute sich nach allen Seiten um. Dann zog er sein Handy aus der Hosentasche und tippte etwas in das Display. Nach jedem Fingerdruck blickte er sich aufmerksam um. Schließlich drehte er es Aurelia zu.

›Komme zu dir um 3.‹

Aurelia nickte. Sie schaute auf die Uhr. Es war kurz nach zwölf. Die paar Stunden würde sie sich noch gedulden müssen. Sie drehte sich gerade von Ivan weg und war im Begriff zu gehen, als sie die Stimme hinter sich hörte.

»Na, Schlampe? Was machst du denn schon wieder hier? Herumschnüffeln, oder was?« Es war Vladimir. Er packte sie am Arm und riss sie zu sich.

Aurelia gab einen leisen Schrei von sich. Ihr Arm schmerzte von dem festen Griff seiner

Pranken, die sich in ihr Fleisch bohrten. »Ich gehe schon. Wollte nur was zum Trinken holen.«

Die Goldketten auf seiner behaarten Brust strahlten im gleichen Glanz wie der Schneidezahn, der sie gefährlich aus seinem Mund anblinkte. Der fast zwei Meter große Mann baute sich vor ihr auf. Er ließ seine Muskeln spielen und drückte Aurelias Unterarm noch fester zusammen. Sie zuckte und versuchte, mit den Fingern ihrer anderen Hand seinen Griff zu lösen. Er lachte hämisch und sprach: »Wir zwei sind noch nicht fertig miteinander. Wir werden uns heute noch vergnügen.« Dann stieß er sie von sich und drehte sich zu Ivan um, der noch immer wie angewurzelt an der Bar stand. »Hast du nichts Besseres zu tun, als unser Liebesspiel zu beobachten?«

Während Vladimir mit Ivan sprach, nutzte Aurelia die Gunst der Stunde und rannte in ihr Zimmer. Sofort verschloss sie die Tür von innen und stellte sich mit dem Rücken dagegen. Völlig außer Atem und in Panik versuchte sie, den Gedanken zu verdrängen, dass er ihr heute noch einen Besuch abstatten würde. Vladimir hielt immer sein Wort. Und der Besuch würde nicht gut für sie ausgehen, das war ihr bewusst.

Ich muss hier schleunigst raus. Aber wie? Soll ich auf Ivan warten? Aber das sind noch knapp drei Stunden. Was ist, wenn Vladimir vorher kommt? Er wird mich umbringen.

Sie starrte auf das vergitterte Fenster ihr gegenüber. Diese Möglichkeit zur Flucht war ihr schon lange verwehrt worden. Selbst wenn sie es geschafft hätte, das alte Gitter vor dem Fenster zu entfernen, waren da noch immer die Fensterläden, die mit einem Vorhängeschloss gesichert waren.

»Denk nach, denk nach«, murmelte sie zu sich selbst und rieb sich mit der flachen Hand über die Stirn.

Flucht aus dem Fenster nicht möglich. Was noch? Vorne beim Ausgang steht Vladimir. Auch keine gute Idee. Der Hintereingang ist versperrt. Auch wenn ich das Schloss aufbekomme, muss ich über den Hinterhof. Dort liegt das Büro des Chefs. Geht auch nicht.

Sie schaute sich in ihrem Zimmer um. Jeden Zentimeter fuhr sie systematisch mit ihren Augen ab. Tür, Fenster, Wand. Sie ließ sich auf ihr Bett fallen und vergrub das Gesicht in ihren zittrigen Händen. Ihr Hirn arbeitete auf

Hochtouren, und ihre Gedanken schweiften in die Zukunft, was in ein paar Stunden passieren würde.

Aber auch wenn sie hier rauskäme, wo sollte sie bloß hin? Zur Polizei? Das war keine Lösung, die steckten doch alle mit dem Chef unter einer Decke und nahmen fleißig Schmiergelder an. Nach Hause ohne ihre Papiere? Sie würde es nicht mal bis zum Flughafen oder auf ein Boot schaffen mit dem wenigen Geld, das sie besaß, und ohne Pass.

Ihr Blick fiel auf ihre nackten Beine. Die Spuren, die Vladimir auf ihr hinterlassen hatte, waren noch in einem blassen Rosa zu sehen. »*ERES MI PROPIEDAD*[17]« prangte in Großbuchstaben auf ihrem Oberschenkel. Besonders das E und das P erschienen fetter als die anderen Buchstaben.

Sie wusste nicht mehr, was für sie in diesem Moment unerträglicher gewesen war. War es der Schmerz, den er ihr zugefügt hatte, als er ihr diese Worte mit seinem Messer in den Oberschenkel geschnitten hatte, oder war es die Gewissheit, dass sie es ewig auf ihrem Körper tragen musste? Ihre Hände und Füße waren mit

17   Du bist mein Besitz

Seilen am Bettrahmen fixiert gewesen. Ihre Schreie erstickten in diesen Stunden hinter dem Knebel, den er ihr vorsorglich in den Mund gesteckt hatte. Jeden Schnitt, den er machte, genoss er sichtlich, da er ihn sehr bedacht und zielgenau ansetzte und sich unendlich viel Zeit nahm bei der Ausführung. Sie würde heute noch darauf schwören, dass er damals einen Orgasmus bekam, als sie sich vor ihm vor Schmerzen wand. Messerspiele waren eindeutig seine Lieblingsbeschäftigung. In dieser Nacht verging er sich gleich mehrfach an ihr. Immer wieder kam er zu ihr ins Zimmer. Manchmal sogar mit einem anderen Mann. Irgendwann in dieser Nacht hatte Aurelia aufgegeben. Sie war in zwei Teile gebrochen. Mitten auseinander. Und sie spürte den Schmerz nicht mehr, genauso wenig wie die Wut und die Angst, die vorher noch in ihrem Körper waren. Jedes Gefühl war in dieser Nacht aus ihr gewichen.

Plötzlich klopfte es an ihrer Tür, und es riss sie aus ihrer Vergangenheit zurück in die grausame Realität.

19

»Die Software hat Sven Wagner eindeutig identifiziert. Er ist vor zwei Tagen hier gelandet und hat sich ein Taxi genommen. Ich lasse gerade den Taxifahrer auf das Revier bringen.« Cristiano zeigte Carlos einen Ausdruck des Videos.

»Mit welcher Maschine ist er hier gelandet?«, fragte Carlos.

»Mit der Eurowings aus Wien.«

»*Vale*. Gibt es schon etwas Neues zu der Tatwaffe? Was sagt der Doc?«

»Beide Berichte liegen auf deinem Tisch«, antwortete Cristiano und zeigte zu Carlos' Büro.

Carlos machte eine Kehrtwendung, und Cristiano folgte ihm. In seinem Büro begann Carlos, die Akten vor ihm zu studieren. Kurz darauf sah er wieder zu Cristiano. »Also war es ein scharfes Messer mit einer kurzen Klinge, mit der man ihr die Kehle durchtrennt hat. Hast du beide Berichte schon gelesen?«

»Ja, habe ich. Die Tote, die der Fischer aus dem Meer gezogen hat, wurde massiv gequält und dann ertränkt. Laut Gerichtsmedizin wurde sie mit einem Elektroschocker gefoltert, denn die kleinen runden Verletzungen stammen eindeutig von den Widerhaken einer Elektroimpulswaffe, die aus der Haut gerissen wurden. Die Schnittverletzungen an ihren Händen sind Abwehrverletzungen von einem Messer. An ihren Füßen fanden sich Spuren, die darauf hindeuten, dass sie gefesselt war. Die übrigen Schnitte und Wunden an ihrem Körper wurden ihr von verschiedenen Werkzeugen zugefügt. Auch kleine Stücke ihrer Haut wurden entfernt. Laut Doc mit einer Beißzange. Hast du das mit ihrem Mund schon gelesen?«

Carlos schüttelte den Kopf und suchte im Bericht nach dem entsprechenden Absatz. Er las: *Desweiteren wurde der Mund des Opfers mit Sekundenkleber zugeklebt. Aufgrund der Verletzungen, die sich auf den Innenseiten der Lippen befinden, vermute ich, dass diese während der Folter mit dem Elektroimpulsgerät verklebt wurden und das Opfer weitergequält wurde, da sich erhebliche Risse gebildet hatten. Diese könnten entstehen, wenn das Opfer gewaltsam versucht, den Mund zu öffnen, zum Beispiel bei einem Schrei.* Er schaute Cristiano mit einem entgeisterten Blick an.

Cristiano verstand die Reaktion seines Chefs. Auch er hatte schlucken müssen, als er den Bericht gelesen hatte. »Lies weiter, da kommt noch mehr. Ich bin froh, dass Sarah nicht hier ist.«

Carlos las weiter: *Aufgrund ihrer inneren Verletzungen, besonders im Schambereich und After, halte ich mehrfache Penetration mittels Gegenständen nicht für ausgeschlossen. Das Opfer wurde letztendlich ertränkt, was sich aus dem Salzwasser in ihrer Lunge schließen lässt.* »Schlimm genug, was die Arme mitmachen musste. Aber wer hat ihr das angetan? Was wissen wir über sie?«

Cristiano blätterte in seinem Notizbuch und las vor, was er bisher an Informationen zusammengetragen hatte: »Sie hieß Malia Okeke. Stammt ursprünglich aus Nigeria. Sie ist in der dortigen Datenbank vermerkt, weil sie einen Ladendiebstahl beging. Eine Jugendsünde mit neunzehn Jahren. Sie lebte mit ihren Eltern in einem kleinen Dorf in der Nähe von Lagos. Sie war vierundzwanzig Jahre alt, und vor drei Jahren ist sie mit ihrem damaligen Freund in einer Nacht- und Nebelaktion verschwunden. Von ihren Eltern wurde keine

Vermisstenanzeige aufgegeben, da sie derzeit einen Abschiedsbrief hinterließ.«

»Was steht in diesem Abschiedsbrief? Vielleicht finden wir darin schon einen Anhaltspunkt, wo sie hier auf der Insel gelebt hat.«

»Kann ich dir noch nicht sagen. Die Kollegen vor Ort wollten mir den Brief gleich mailen, sobald sie wieder im Revier sind.«

20

»Du spinnst doch! Das kann ich doch nicht machen«, sagte Jenny und verschränkte ihre Arme vor der Brust.

»Doch. Bitte. Du kannst das. Ich kann dort nicht mehr hin. Mich kennt er doch.« Mit flehendem Blick und zu einem Gebet gefalteten Händen schaute er zu Jenny, die mittlerweile einen Schmollmund zog.

»Na ja, ich habe schon als Kellnerin gearbeitet. Das ist das kleinste Problem. Aber was soll ich dort denn sagen? Hallo, ich bin die Jenny und will hier hinter der Bar arbeiten, oder wie? Du stellst dir das sehr einfach vor, hier auf der Insel einen Job zu bekommen.«

»Na, du ziehst dir etwas – wie soll ich sagen – Offeneres an, etwas, das mehr Einblick gewährt. Dann passt das schon. Wirst sehen, dann flutscht das.« Sven stand bereits an der Wohnungstür und winkte Jenny zu sich. Allerdings saß sie noch immer auf dem Sofa und machte keinerlei Anstalten, ihm zu folgen – wie ein kleines bockiges Mädchen, das nicht bekam, was es wollte.

»Ich will nicht, und außerdem habe ich Hunger«, sagte sie.

»Wie wäre es mit einem Lieferservice? Kennst du einen? Dann wäre zumindest das Hungerproblem gelöst, und vielleicht lässt du dann eher mit dir reden und bist nicht mehr so zickig.«

»Lieferservice?«, sagte Jenny und lachte. »Ich habe kein Telefon. Das kann ich mir nicht leisten. Und Essen bestellen schon gar nicht. Du hast echt keine Ahnung.«

»Wie, du hast kein Handy?« Erstaunt über diese Neuigkeit blickte er sich um.

»In meinem Job hier verdiene ich nicht viel. Und ich kann gerade so die Miete bezahlen. Ich habe mir schon oft überlegt, wieder nach Deutschland zurückzugehen. Aber meine Schwester ist hier und hilft mir, wo sie kann. Eigentlich bin ich nur aus Liebe zu ihr nach Gran Canaria gezogen. Um sie zu unterstützen.«

»Also am Geld scheitert es nicht«, sagte Sven und grinste sie an. »Das wäre kein Problem, dass ich das Essen bezahle.«

»Ich denke, das ist auch das Mindeste, was du tun musst, um mich auf deine Seite zu kriegen.«

Sven ging zu ihr und beugte sich über sie.

Dann flüsterte er ihr ins Ohr: »Du bist schon längst auf meiner Seite.« Bei diesen Worten hörte er seinen Herzschlag in den Ohren pochen, und in seinem Bauch kribbelte es. Für einen kurzen Moment verharrte er in dieser Position und schloss seine Augen. Ein leichter Kokosduft kroch ihm in die Nase. Jenny legte ihre Hand auf seinen Oberarm. Sofort durchzuckte es ihn wie ein Blitz, und er fuhr zurück. Ein lauter Seufzer folgte. »Gut, und wie kommen wir nun zu unserem Essen, wenn wir es nicht bestellen können?«

Jenny sprang auf und wandte sich Richtung Tür. »Ich frage die Nachbarin. Was hältst du davon?«

Noch bevor er antworten konnte, war sie bereits zur Tür hinaus, und er sah sie durch die Glasscheibe, die in die Tür eingelassen war. Sekunden später hörte er sie sprechen. Er stand wie versteinert im Wohnzimmer, und nun fragte er sich, ob es nicht doch ein Fehler war, sie nach draußen gehen zu lassen. Aber sie hatte ihn überrumpelt. Er überlegte bereits, wie und wohin er flüchten könnte, wenn sie ihrer Nachbarin erzählte, was für ein Irrer in ihrem Apartment auf sie wartete. Er starrte noch immer zur Glasscheibe hinaus auf das Gartentor, wo Jenny kurz zuvor verschwunden war.

Was bin ich bloß für ein Idiot! Wie konnte ich ihr bloß vertrauen? Ich bin so typisch Mann – das Hirn in der Hose, wenn ich eine schöne Frau neben mir habe. Scheiße, was mache ich jetzt?

Er sah Jenny, gefolgt von einer übergewichtigen Frau, durch das Gartentor schreiten. Was hatten die beiden vor?

Panik breitete sich aus. Gedanklich wie auch körperlich. Ein heißer Schwall stieg in seinem Körper auf, der sofort wieder von einem eiskalten Schauer abgekühlt wurde. Schweißperlen bildeten sich auf seiner Stirn. Er tastete zu seiner Hosentasche.

Wo ist bloß das Scheißmesser hin?

»Das ist Adelheid. Adelheid, das ist mein neuer Freund Sven«, sagte Jenny und grinste breit, als sie mit einer eindeutigen Handbewegung die beiden einander vorstellte.

Was?

Adelheid reichte ihm ihre Hand zur Begrüßung, und Sven reagierte mehr automatisch als bewusst und setzte ein gezwungenes Lächeln auf.

»Freut mich, dich kennenzulernen, Sven«, sagte sie. »Hier sind ein paar Menükarten, vom Italiener bis zum Chinesen –alles dabei. Die sind wirklich alle zu empfehlen. Ich habe Jenny bereits mein altes Handy gegeben. Das ist ein Wertkartentelefon. Wir haben es gerade ausprobiert, und es sind sogar noch ein paar Euro Guthaben drauf.« Adelheid winkte mit den Karten, die sie in ihren Händen hielt, und reichte sie Sven.

»Danke«, stammelte Sven und schaute fassungslos zu Jenny, die ihr die Karten abnahm, weil er sich nicht rührte.

Adelheid wandte sich zur Tür und war gerade im Begriff zu gehen, als sie sich nochmals umdrehte und den beiden zum Abschied winkte. Auch ihr Oberarm schwabbelte mit.

»Möchtest du chinesisch essen oder doch lieber eine Pizza?«, sagte Jenny und schaute ihn fragend an. Als Sven nicht reagierte, tippte sie auf eine Karte und sagte: »Pizza, ich habe Lust auf Pizza.«

Svens Mund stand offen, und er hatte Mühe, ihren Gedankengängen zu folgen. *Wie kann das möglich sein, dass sie nicht um Hilfe geschrien hat, als sich ihr die Gelegenheit bot? Jetzt steht sie da und erzählt mir was über Pizza.* Es brauchte noch einen Augenblick, bis Sven auf die Frage antwortete.

»Salami«, sagte er. Das war im Moment das einzig vernünftige Wort, das ihm über die Lippen kam.

Freudig lächelte sie ihn an, tippte gleich darauf die Nummer des Lieferdienstes in das Handy und bestellte die beiden Pizzen. »Zwanzig Minuten noch, dann gibt es endlich Essen.« Jenny ging in die Küche und räumte Teller und Besteck auf die Arbeitsplatte.

Sven schaute ihr nach und schüttelte den Kopf. Dann setzte er sich aufs Sofa und vergrub sein Gesicht in den Händen. Er hörte, wie Jenny näher kam.

»Was ist denn los mit dir? Doch keinen Hunger?«, fragte sie und legte ihre Hand auf seine Schulter.

Wieder durchfuhr ihn ein heißer Schauer, und er zuckte zurück. Sie entfernte sich sofort einen Schritt von ihm. Er nahm seine Hände hinunter und starrte sie an. Ihr Lächeln war verschwunden, und sie hatte ihre Stirn in Falten gelegt. Besorgte Blicke trafen ihn.

»Wieso tust du das?«, wollte er wissen.

»Was meinst du?«

»Wieso bist du so nett zu mir? Wieso bist du gerade eben nicht geflüchtet? Bist du wirklich so naiv?«

Jenny stemmte ihre Hände in die Hüften und sah ihn erbost an. Wutentbrannt antwortete sie ihm: »Was bildest du dir eigentlich ein? Was glaubst du, wer du bist? Du dringst brutal in mein Leben ein, willst, dass ich dir helfe, und du nennst mich naiv? Ich denke eher, dass du derjenige bist, der naiv ist.« Tränen flossen über ihre Wangen. Sie schniefte und wischte sich mit ihrem Handrücken über das Gesicht.

Sie hat recht. Verdammt noch mal! Ich bin derjenige, der naiv ist. Sven stand auf. Er breitete seine Arme aus, doch Jenny wich zurück, und in ihren Augen blitzte es auf.

Wenn Blicke töten könnten, würde ich jetzt tot umfallen.

»Scheiße, lass mich das doch erklären.« Wieder trat er einen Schritt auf sie zu. Sie stand bereits mit dem Rücken an der Wand und drehte ihren Kopf von ihm weg. Ganz dicht kam er an ihren Körper heran.

»Was willst du denn erklären?«, zischte sie.

»Du bist nicht naiv. Entschuldige. Das ist mir

so rausgerutscht. Ich verlange von dir so viel. Noch nie hat ein Mensch das für mich getan, was du in den letzten beiden Tagen für mich getan hast.«

Sie drehte den Kopf zu ihm, und ihre Blicke trafen sich. »Aber du brauchst doch Hilfe.«

»Ja, die brauche ich. Und obwohl du nicht mal annähernd die ganze Wahrheit kennst, hilfst du mir. Vielleicht ist es gerade deshalb, weil du mich siehst, wie ich wirklich bin.«

»Dann erzähl mir doch die Wahrheit. Was hast du für ein Geheimnis?«

»Ich kann es dir nicht erzählen. Noch nicht. Versteh das bitte. Dieses Geheimnis verfolgt mich seit über einem Jahr. Lässt mich nachts nicht schlafen, obwohl ich mich nur bruchstückweise daran erinnern kann.«

21

»Also, *Señor,* wo haben Sie diesen Mann vor zwei Tagen hingebracht?«, fragte Carlos den Taxifahrer, der anhand seiner demütigen Körperhaltung aussah, als würde er des Mordes beschuldigt werden. Carlos legte ihm das Standbild der Videoaufzeichnung vor und tippte mit seinem Zeigefinger darauf.

»Inspektor. Ich weiß es nicht mehr so genau. Aber das habe ich doch Ihren Kollegen schon erzählt, die mich hierhergebracht haben.«

Carlos stöhnte. Er setzte ein nettes Lächeln auf, obwohl ihm ganz und gar nicht danach zumute war. Aber er wusste, er musste behutsam mit dem Taxifahrer umgehen, denn ansonsten würde er gar keine Informationen bekommen. »Ich erzähle Ihnen nun, was wir wissen: Er ist vorgestern hier angekommen. Mit einer Maschine aus Wien, mittags. Wir wissen auch, dass er genau um«, er zeigte auf die rechte Seite des Fotos, »14:32 Uhr in Ihr Taxi am Flughafen stieg. Somit bleibt nur die Frage zu klären, wo Sie ihn abgesetzt haben. Das müssen wir wissen. Also, bitte denken Sie nach. Gibt es denn keinerlei Aufzeichnungen darüber, welche Strecken Sie fahren in Ihrer Schicht?«

»Nein, die gibt es nicht. Wir werden ja nach Kilometern abgerechnet. Wissen Sie eigentlich, wie viele Leute wir *taxistas*[18] jeden Tag von einem Ort zum nächsten bringen?«

»Ja, viele. Ist mir klar. Schauen Sie sich das Foto genau an. Vielleicht fällt es Ihnen doch wieder ein.«

Der Taxifahrer nahm das Foto in die Hand. Sein Gesichtsausdruck war sehr nachdenklich, und er zog an seinem langen Bart. Carlos beobachtete ihn und verlor langsam die Geduld. Er wollte gerade etwas sagen, da kam ihm der Taxifahrer zuvor: »Ah, ich weiß es wieder. Das ist der Typ, der einen kleinen Koffer mit der spanischen Flagge drauf. Ich dachte zuerst, er sei ein Spanier und sprach mit ihm Spanisch. Aber nach seinen ersten Worten war mir klar, das ist ein Deutscher. Als ich ihn darauf ansprach, schließlich kann ich ja Deutsch, sagte er, dass er aus Österreich kommt und hier Urlaub machen will. Ich habe ihn in der Avenida de Tirajana abgesetzt. Beim Hotel Excelsior.«

»Danke Ihnen für Ihre Hilfe. Falls Ihnen noch etwas einfällt, sagen Sie mir Bescheid, ja?«,

18   *Taxifahrer*

sagte Carlos, stand auf und überreichte ihm seine Visitenkarte. Mit einem Händedruck verabschiedete er sich von dem Taxifahrer, schnappte sich die Akte und das Foto und ging aus seinem Büro auf Cristiano zu. Dieser las gerade eine Mail. »Kommst du? Wir müssen ins Excelsior in der Tirajana. Dort hat ihn der Taxifahrer abgesetzt. Vielleicht kriegen wir dort mehr raus.«

»Ich habe da auch was Interessantes.« Cristiano zeigte auf seinen Bildschirm, aber Carlos wehrte mit einer eindeutigen Handbewegung ab.

»Kannst du mir auch unterwegs erzählen. Sarah, kommst du auch mit?«

Sarah sah von ihrer Arbeit auf, nickte und erhob sich.

***

Cristiano, Sarah und Carlos betraten die Hotellobby. Zwar waren die Böden mit Marmor ausgelegt und es sollte alles vornehm und edel wirken, aber auf den zweiten Blick erkannte Carlos, dass alles nur Schall und Rauch war. An den Wänden bröckelte die Farbe ab, die alte war einfach nur mit einer neuen Schicht überstrichen worden; die Sofas, die den Gast zum kurzen Verweilen einladen sollten, waren bereits in die Jahre gekommen, was die ausgeblichene Farbe und die Dellen in den Sitzpolstern untermalten. Auch die Musterung stammte eher aus den späten Achtzigern. Sogar der abgestandene, fahle Geruch bestätigte Carlos' ersten Eindruck. Trotzdem war er sich sicher, dass gerade in diesen Hotels die Preise sehr hoch waren. Denn schließlich hatte das Haus von den oberen Etagen aus Meerblick. Und da waren sich alle einig auf dieser Insel: Meerblick kostete einfach.

Die Dame an der Rezeption schaute bereits zu ihnen herüber und setzte ihr schönstes Lächeln auf. Carlos stellte sich an die Hoteltheke und stützte seine Arme auf das Pult.

»Hola, mi amor«, sagte die Rezeptionistin und strahlte Carlos an. »Wie geht es dir? Ich freue mich, dich wiederzusehen.«

Carlos lachte, und die Frau kam um die Theke gelaufen und fiel ihm um den Hals. Sarah räusperte sich. Carlos befreite sich aus der Umarmung, holte seinen Dienstausweis hervor und sagte: »Das ist meine Kollegin Österreicher, und das ist mein Kollege Ruiz Gomez. Wir sind auf der Suche nach diesem Mann. Er ist vor zwei Tagen hier abgestiegen.« Carlos holte das Bild von Sven Wagner aus seinem Jackett und zeigte es ihr.

»Diesen Herrn kenne ich, ja. Er hat hier bei uns eingecheckt. Sein Name ist …« Ihre Finger flogen über die Tastatur. Gleich darauf schaute sie wieder zu den dreien auf. »Manfred Holzer. Zimmer Nummer 114. Allerdings habe ich ihn schon seit gestern nicht mehr gesehen.«

»War er in Begleitung einer Frau hier?«, fragte Carlos. »Weißt du das?«

»Lass mich überlegen. Ja, er war mitten in der Nacht hier bei mir mit einer Frau. Sie war jung, schlank, hatte braune schulterlange Haare. Anfang dreißig, würde ich schätzen.«

Carlos stutzte. »Bist du dir sicher, dass die Frau braune Haare hatte? An welchem Tag war das?«

Die Rezeptionistin nickte. »Ja, die Frau hatte braune Haare. Ich gab Holzer, es war gestern so gegen fünf Uhr morgens, seinen Zimmerschlüssel und ein Paket heraus, das für ihn abgegeben wurde. Ich ließ die beiden allein hier stehen. Sie hatten wohl einen kleinen Streit. Da wollte ich nicht stören. Als ich um kurz vor sechs wieder geweckt wurde von einem Gast, lag sein Schlüssel hier auf dem Tresen.«

»Was für ein Paket bekam er? Wer hat es hier abgegeben? Kannst du uns die Größe beschreiben?«

»Es war nicht sehr groß. In etwa wie ein halbes DIN-A4-Blatt, würde ich sagen. Es war eingewickelt in Zeitungspapier. Die Frau, die es hier abgab, hatte kurze blonde Haare. Ich denke mal, ebenfalls Anfang dreißig. Allerdings benahm sie sich sehr sonderbar.«

»Was meinst du mit ›sonderbar‹?«

»Sie kam hier zur Tür hereingestürmt, als würde sie von einer Horde Löwen verfolgt werden. Ihr T-Shirt hatte kreisrunde Schweißflecken. Ihr Gesicht war sehr blass. Ich habe mich ehrlich erschrocken, als ich sie sah.«

»Hat sie etwas gesagt, als sie das Paket hier abgab?«, fragte Cristiano und zückte seinen Notizblock.

»Sie faselte irgendwas von lebenswichtigen Dokumenten. Darin stünde die Wahrheit oder so ähnlich. Warum fragst du mich das? Was ist mit der Frau?«

Carlos räusperte sich. »Sie ist tot. Wann war das?«

Die Rezeptionistin setzte sich auf ihren Stuhl und starrte Carlos einen Moment an. Dann fasste sie sich wieder. »Das wird gestern kurz nach Mitternacht gewesen sein, ein paar Stunden bevor *Señor* Holzer mit der braunhaarigen Frau kam.«

In diesem Augenblick schwang die Eingangstür auf, und es wurde laut in der Hotelhalle. Eine Reisegruppe älterer Damen und Herren, schwerbepackt mit ihren Koffern, betrat die Lobby. Aus dem Bus vor dem Hotel strömten bereits weitere Gäste herein.

»Okay, erst mal danke für deine Auskünfte«, sagte Carlos. »Es wäre gut, wenn du heute nach deinem Dienst bei uns auf dem Revier vorbeischauen könntest, sodass wir deine Aussage aufnehmen können. Darf ich bitte den Zimmerschlüssel von Herrn … wie sagtest du, hieß er?«

»Holzer, Manfred Holzer«, antwortete sie, drehte sich um, holte den Schlüssel vom Haken und überreichte ihn Carlos. »Hat *Señor* Holzer diese Frau umgebracht?«

»Das kann ich dir wirklich nicht sagen. Zumindest scheint er ein wichtiger Zeuge zu sein.«

***

Noch bevor die drei die Stufen in den ersten Stock hinaufgingen, wandte sich Sarah an Cristiano, der einen Schritt hinter Carlos ging. »Mir geht es nicht gut«, sagte sie, drehte sich um und rannte aus der Hotellobby hinaus ins Freie.

Carlos wollte ihr nachlaufen, Cristiano hielt ihn zurück. »Lass ihr einen Moment. Das ist derzeit einfach zu viel für sie. Wann verstehst du das endlich?«

Carlos seufzte und stapfte die Stufen nach oben.

Im Zimmer angelangt durchsuchten die beiden jeden Winkel. Sie schauten in jede Schublade, in den Schrank und unters Bett, fanden aber außer dem Koffer mit der durchwühlten Kleidung und dem Zeitungspapier nichts.

»*Vale,* allem Anschein nach ist unser Vögelchen ausgeflogen. Was, denkst du, war in diesem Paket?«, sagte Carlos, nahm das zerknüllte Papier in seine Hände und schaute zu Cristiano, der gerade Fotos vom Hotelzimmer schoss.

»Keine Ahnung. Lebensnotwendige Dokumente ... darunter kann ich mir rein gar nichts vorstellen. Hoffentlich bekommen wir mehr Klarheit, wenn die Rezeptionistin bei uns auf dem Revier ihre Aussage macht. Wir sollten sie unbedingt fragen, wie schwer dieses Paket war.«

Carlos schüttelte ratlos den Kopf.

22

Aurelia erhob sich zitternd. Ein lautes Poltern, das die Zimmertür zum Beben brachte, ließ sie zusammenzucken.

Wie um alles in der Welt komme ich hier raus? Verdammt! Wieso habe ich nicht versucht zu fliehen? Tot bin ich sowieso.

Das Hämmern gegen die Tür wurde leiser.

»Aurelia, mach auf.« Die Stimme ließ sie aufhorchen. Das war nicht Vladimir, das war Ivan. Sofort drehte sie den Schlüssel im Schloss und riss die Tür auf.

Ivan stand vor ihr. Der Schweiß tropfte ihm von der Stirn. Er war leichenblass, als hätte er gerade den Tod höchstpersönlich gesehen. Aurelia wollte nach seiner Hand greifen, um ihn in ihr Zimmer zu ziehen. Schließlich sollte ihn keiner hier entdecken. Doch er nahm ihre Hand und legte einen kleinen Schlüssel und einen zusammengeknüllten Notizzettel in ihre Handfläche. Dann schloss er ihre Finger zu einer Faust. Er versuchte zu sprechen, bekam aber nur ein Röcheln über seine Lippen. Er wankte, verlor das Gleichgewicht und hielt sich am Türrahmen fest. Aurelia sah erst jetzt das Messer, das in seinem Bauch steckte. Dieses Messer mit dem braunen Knauf und den geschwungenen goldenen Linien. Vladimirs Messer. Erschrocken wich sie zurück, besann sich sofort wieder, steckte den Schlüssel mit dem Zettel in ihre Hosentasche und wollte Ivan unter die Arme greifen. Doch dieser wehrte sie mit seiner letzten Kraft ab. Vornübergebeugt stand er da. Blut quoll aus seinem Mund und tropfte auf den Boden vor ihren Füßen.

»Wer hat dir das angetan?«, flüsterte sie und hob seinen Kopf in die Höhe.

Ivans Augen waren geschlossen. Er atmete schnell. Er konnte sich nicht mehr auf den Füßen halten und sank an der Wand entlang auf den Boden.

Aurelia sah den Flur hinunter. Keiner außer ihnen beiden war hier. Das war ihre Chance zu entkommen. Aber sie musste ihm helfen. Ivan war ihr einziger Vertrauter. Schließlich war er doch immer gut zu ihr gewesen und hatte sie beschützt, soweit es ihm möglich war. Wieder richtete sie den Blick auf ihn. Seine Hände waren zur Seite gefallen und lagen leblos neben seinem Körper. Der Kopf hing nach vorne wie ein nasser Sack. Aurelia presste ihre Hände auf ihren Mund, um den Schrei zu unterdrücken, der aus ihr hinauswollte. Sekunden – die ihr wie Stunden vorkamen – später beugte sie sich zu ihm hinunter und holte den Schlüsselbund aus seiner Hosentasche. Das Herz pochte ihr bis zum Hals, und sie hatte das Gefühl, dass es ihr gleich aus dem Körper springen würde.

Ihre Füße waren wie in Beton gegossen, als sie zum Hinterausgang rannte. Sie steckte einen Schlüssel nach dem anderen ins Schloss, um endlich in die Freiheit zu gelangen. Durch das Zittern ihrer Hand stellte sich dies als schwieriges Unterfangen heraus, und mehrmals verfehlte sie ihr Ziel. Da hörte sie die schwere Eisentür zufallen, die nach einer Biegung am anderen Ende des Flures in die Disco führte. Panisch drehte sie sich um, und ihr Herz setzte vor Schreck aus. Schwere Schritte näherten sich ihr.

Gleich wird Vladimir über mich herfallen. Mich genauso abschlachten, wie er Ivan abgeschlachtet hat. Sie richtete ihren Blick wieder auf das Schloss, steckte den nächsten Schlüssel hinein und hörte das erlösende Klicken. Sie drückte die Klinke nach unten, und ein warmer Luftzug umfing sie und nahm sie in sich auf.

»Du blöde Nutte, bleib hier!«, brüllte Vladimir ihr nach. Er war nur noch wenige Meter von ihr entfernt.

Sie schlüpfte durch die Tür, und einen Moment später war sie bereits im Hinterhof angelangt. Sie rannte um die Ecke auf das verrostete Tor zu, klammerte sich an den Pfosten und zog sich mit beiden Händen hinauf. Das Gebrüll hinter ihr hörte sie nur noch aus der Ferne. In ihren Gedanken war sie schon zu sehr damit beschäftigt, sich einen Unterschlupf zu suchen.

Auf der anderen Seite angekommen schlug sie einen Haken nach links und sprintete los. Der glühend heiße Asphalt brannte unter ihren bloßen Füßen. Doch dieser Schmerz würde nichts im Vergleich zu dem Schmerz sein, den sie spüren würde, wenn Vladimir sie in die Finger bekäme.

Die Menschen, die ihr entgegenkamen, wichen ihr aus und ließen ihr freie Bahn. Allerdings spürte sie die fragenden Blicke, die sich in ihren Rücken bohrten.

Wo soll ich bloß hin? WO SOLL ICH BLOSS HIN? Die Stimmen in ihrem Kopf schrien diese Frage förmlich. Doch sie bekam keine Antwort darauf.

23

Jenny stand in ihren knappen Shorts vor ihm. Ihre langen Beine waren tatsächlich ein Hingucker. Auch die braune Bluse, die einen tiefen Ausschnitt besaß, ließ Sven in gedankliche Weiten abdriften.

»Du solltest die Bluse vorne verknoten, sodass man deinen Bauchnabel sieht«, sagte er.

Jennys Augen waren so groß wie Wagenräder. Sofort schüttelte sie den Kopf. Aber Sven ließ sich davon nicht abhalten, schnappte sich ihre Bluse, knöpfte diese zur Hälfte auf und verknotete die beiden Enden direkt unter ihrer Brust. Jenny wehrte sich zwar, gegen Svens Aktion hatte sie aber keine Chance und gab schließlich auf.

Ein zufriedenes Lächeln huschte ihm über das Gesicht.

Jenny hingegen sah nicht glücklich aus mit der Modeauswahl und versuchte, die Enden ihrer Shorts nach unten zu ziehen. »Das ist eher ein Slip als eine Hose. Die reicht nicht mal über meine Pobacken. Ich komm mir vor wie eine …« Sie verstummte mitten im Satz.

Sven hatte ihr seinen Zeigefinger auf den Mund gelegt. »Schhht. Du siehst wunderbar aus. Das steht dir wirklich gut. Bei deiner Figur solltest du so etwas öfter anziehen. Außerdem willst du in einer Disco arbeiten. Da musst du dem Chef schon zeigen, was du hast.«

»Ich mache das nur, um dir zu helfen. Nur dass wir das klargestellt haben. Und hör auf, mich so gierig anzustarren, sonst überlege ich es mir gleich anders.« Sie drückte ihm ihren Helm in die Hand und stapfte auf die Tür der Disco zu.

Geiler Arsch. Sehr knackig und hübsch anzusehen.

Oberhalb des Gebäudes prangte das Wort »Dragon« riesengroß in Leuchtschrift. Vor der Tür stand ein Koloss von einem Mann. Der Typ war sicher zwei Meter groß. Die Goldketten, die er um seinen Hals trug, blitzten im Scheinwerferlicht der Disco. Jenny sprach ihn an. Er nickte, nahm sein Handy heraus und telefonierte kurz. Dann nickte er wieder und öffnete ihr die Tür, wo sie von einer Frau empfangen wurde.

Hoffentlich geht alles gut, und sie kriegt den Job. Sven lehnte sich an das Moped und schaute zu der Tür, durch die Jenny gerade verschwunden war.

Gerade einmal eine halbe Stunde später trat sie wieder nach draußen und rannte auf ihn zu. Der Türsteher warf ihr einen kurzen Blick hinterher, schwenkte dann sofort wieder zu den Gästen, die vor ihm in einer Reihe standen.

»Was für ein schmieriger Kerl«, sagte Jenny und nahm Sven den Helm ab, den er ihr hinhielt.

»Was ist? Hast du den Job?«, fragte Sven ungeduldig.

»Na ja. Ich soll heute und morgen zum Probearbeiten. Er meinte, dann reden wir noch mal drüber. Und stell dir vor, was passiert ist, als ich gegangen bin.« Sie stemmte ihre Hände in die Hüften.

»Ich nehme mal an, Nikolaj hat dir auf den Hintern gehauen.« Sven konnte sich das Grinsen nicht verkneifen, als er ihren entsetzten Gesichtsausdruck sah. Auch er selbst hätte nichts dagegen, dort Hand anzulegen. Allerdings wollte er Jenny nicht damit überfordern. Schließlich war er doch auf sie angewiesen.

»Woher weißt du das?«

»Er ist ein Arschloch-Mensch. Der wird sich nie ändern. Wann fängst du heute an?«

»Jetzt gleich. Ich habe ihm erzählt, dass ich mein Moped noch umstellen muss und gleich wiederkomme.«

»Braves Mädchen. Du weißt, was du zu tun hast?«

Sie nickte, drehte sich um und rannte wieder zur Disco.

***

Sven stand sich die Füße in den Bauch. Es war bereits mehrere Stunden her, dass Jenny verschwunden war. Am liebsten wäre er selbst hineingegangen. Einige Male musste er sich mit aller Macht davon abhalten, diesen Fehler zu begehen. Schließlich war die Gefahr, erkannt zu werden, einfach zu groß. Der Plan, den Jenny und er geschmiedet hatten, war viel zu wichtig. Leben und Tod hingen davon ab.

Eine Horde junger Leute schwankte laut singend aus der Disco heraus. Der Schrank von einem Mann schaute ihnen verächtlich hinterher, verließ aber seinen Platz nicht.

Scheiße, wenn der nicht die Tür bewachen würde wie ein Schießhund, könnte ich ungehindert hinein, mir drinnen einen dunklen Platz suchen und auf das Zeichen von Jenny warten.

Doch dann – nach stundenlanger Warterei – sah er endlich, wie das Tor seine Flügel bewegte und den silbernen Mercedes, der aus der Einfahrt fuhr. Sven drehte sich zur Seite, sodass der Fahrer ihn nicht erkennen konnte. Er durfte nichts riskieren und wollte nicht durch einen dummen Zufall entdeckt werden. Der Wagen rollte an ihm vorbei, und die Eisentore schlossen sich wieder. *Okay, nun nur noch auf Jennys Zeichen warten. Dann geht es los.*

Er starrte minutenlang auf die Tordurchfahrt zwischen den beiden Gebäuden. Dann plötzlich sah er einen Schatten, der im Vorgarten des Nebengebäudes in Deckung ging.

Was ist denn jetzt los? Wer zum Teufel ist das?

Der Schatten spähte um die Ecke, und als sich der Türsteher in die andere Richtung drehte, sprintete der Unbekannte los und schwang sich über das Eisentor. Drinnen angekommen verschwand er in der Dunkelheit. *Verfickte Scheiße! Der wird noch unseren Plan ruinieren, und wir werden alle erwischt.*

Just in diesem Moment öffnete sich die Discotür, und Jenny spähte heraus. Sie stellte sich direkt zu dem Türsteher und steckte sich eine Zigarette in den Mund. Dieser lächelte sie an und gab ihr Feuer.

Sven rannte über die Straße. Er hatte freie Bahn, denn Jenny hatte sich bereits in die richtige Position gebracht und der Typ drehte dem Tor den Rücken zu. Langsam kletterte Sven über den Zaun. Er wollte auf keinen Fall ein Geräusch machen. Weder sollte ihn der Türsteher erwischen noch der Typ, der sich hier gerade Einlass verschafft hatte.

24

»Sagt mal, kann man euch zwei Volltrotteln gar keine Arbeiten auftragen? Ihr seid doch wirklich zu blöd für alles.« Nikolaj sprang hinter seinem Schreibtisch auf und starrte die beiden an.

Die großen Männer in den dunklen Anzügen waren von der Statur Bodybuilder. Trotzdem standen beide mit gesenktem Haupt vor ihrem Chef und ließen die Schultern hängen. Wie Schulkinder, die etwas angestellt hatten und nun vom Direktor ihre Strafe bekamen.

Nikolaj nahm das belegte Brötchen von seinem Teller und schmiss es den beiden vor die Füße. »Wie oft muss ich euch das noch sagen? Warmer Käse ist ekelhaft. Und was seht ihr da auf meinem Brötchen? Na? Wer weiß es von euch beiden?« Er trat um den Schreibtisch herum, ballte seine Hände zu Fäusten und holte gerade Luft, um seiner Wut Platz zu machen, da klopfte es an der Tür. »Raus hier! Nehmt das eklige Ding vom Boden mit und besorgt mir sofort ein neues!«

Der fast zwei Meter große Mann beugte sich hinunter und hob das Brötchen auf. Der Käse zog Fäden. Verzweifelt schaute er zu seinem Kollegen, der ein Taschentuch aus seiner Hosentasche holte und damit den Käse vom Boden wischte.

Sekunden später waren die beiden verschwunden, und eine junge Frau in kurzen, engen Sachen betrat das Büro. Neben ihr stand die Bedienung, die vorne an der Theke arbeitete.

»Chef, sie hat nach einem Job hier gefragt. Wenn Sie Zeit haben, dann können Sie das Gespräch selbst führen, ansonsten mach ich das.«

Nikolaj wischte sich den Schweiß von der Stirn. *Verdammt! Ich muss an mein Herz denken. Ich darf mich nicht mehr so aufregen.* Er setzte sich wieder auf seinen Stuhl. »Ist gut, Babsi. Ich mach das schon. Bring mir ein Glas Wasser, ja?«

Die junge Frau stand unschlüssig da. Ihre Arme hatte sie vor den Brüsten verschränkt, sodass er nicht einschätzen konnte, welche Körbchengröße sich dahinter verbarg. Er wandte sich ihr zu, während Babsi aus dem Büro verschwand und leise die Tür hinter sich schloss. Er musterte sie von oben bis unten. Ihre langen Beine hatte sie gekonnt mit den hautengen Shorts in Szene gesetzt.

»Arme runter.« Es klang eher nach einem Befehl als nach einer freundlichen Aufforderung. Da sie aber keine Anstalten machte, seiner Anweisung Folge zu leisten, stemmte er sich aus seinem Stuhl hoch und trat ganz dicht an sie heran. Er nahm ihre Hände und zog sie nach unten. Und was er sah, gefiel ihm. Dann packte er sie an den Schultern und drehte sie um die eigene Achse. Eingehend betrachtete er ihren Hintern. Dann schlug er mit seiner flachen Hand darauf. Sie zuckte, sagte aber kein Wort. Die Tür öffnete sich, und Babsi trat mit dem gewünschten Glas Wasser ein. Sie trug durchsichtige Hotpants, und auch sonst zeigte sie mehr Haut als Stoff. Nikolaj gab auch ihr einen Klaps auf den Po, und Babsi kicherte noch, als sie das Büro verließ. Er zeigte auf den Stuhl vor seinem Tisch. »Da, hinsetzen.«

Während er zu seinem Platz zurückging, erzählte er ihr von dem Gehalt, das sie erwartete, und dass sie das Trinkgeld, das sie von den Gästen bekam, behalten dürfe.

»Und wenn du dich gut anstellst, dann habe ich eine Bonusaufgabe für dich, bei der du viel Geld machen kannst. Aber das werden wir bei anderer Gelegenheit besprechen. So, gut. Kannst du gleich heute zur Probe arbeiten?«

Sie nickte. Allerdings vermittelte ihr Gesichtsausdruck etwas anderes. Irgendetwas an ihr störte ihn. Aber er konnte nicht sagen, was.

»Dann geht es gleich los. Melde dich vorne bei Babsi. Und jetzt raus aus meinem Büro.«

Wie von der Tarantel gestochen rannte sie hinaus.

Komisches Weibervolk. Hier arbeiten wollen, aber dem Chef keinerlei Annehmlichkeiten gönnen. Der werde ich schon Manieren beibringen. Bis jetzt hat mich noch jede drübergelassen.

Er sah auf das Display seines Handys. Eine Nachricht von Bärbel. Wahrscheinlich war sie sauer, dass er gestern Abend nicht zum Essen gekommen war, obwohl sie sich das hätte denken können. Tief seufzend las er ihre Nachricht.

›*Heute kommt frische Ware. Kannst du sie übernehmen?*‹

Diese Frau trieb ihn noch in den Wahnsinn. Das war doch *ihr* Geschäft und nicht seines. Aber ständig musste er sich darum kümmern, und sie scheffelte das Geld. Und er? Er blieb auf der Strecke.

25

Carlos nickte, als er Malias Abschiedsbrief las. Schweren Herzens musste auch er sich eingestehen, dass er, wenn er ihr Vater gewesen wäre, ebenso davon ausgegangen wäre, dass sie aus freien Stücken mit dem jungen Mann mitgegangen war. Dieser Brief half ihm auch nicht weiter. Ein Seufzer entfuhr ihm.

Sarah kam in sein Arbeitszimmer, das die beiden im gemeinsamen Haus eingerichtet hatten, schaute ihm über die Schulter und las ebenfalls den Text:

Liebe Mama, lieber Papa,
ich gehe fort mit meinem neuen Freund. Lange genug war ich hier in diesem kleinen Ort. Nun möchte ich die Welt sehen. Erleben, wovon andere nur träumen. Ich melde mich bei euch. Mir geht es gut. Ich liebe euch, und macht euch keine Sorgen um mich.
Kuss, Malia

Fragend schaute er sie an. »Schläft Raúl schon?«

»Ja, er ist gerade eingeschlafen. Mensch, also

in der Haut der Eltern möchte ich auch nicht stecken. Da läuft es mir eiskalt den Rücken runter bei der Vorstellung. Was denkst du? Wo lebte sie auf der Insel? Wo war ihre Arbeitsstelle? Wer hat sie umgebracht? Und vor allem, wer hat sie auf das offene Meer gebracht, um sie dort über Bord zu werfen? Stell dir doch mal vor ...« Sarah stockte mitten im Satz. »Nein, stell es dir lieber nicht vor.«

Carlos sah, wie sie mit den Tränen kämpfte. In seinem Hals machte sich ein schwerer Klumpen breit, der sich nicht herunterschlucken ließ. Er drehte sich zu Sarah um. Die Tränen hatten bereits die Überhand gewonnen, und sie schluchzte leise. Er stand auf und nahm sie in den Arm. »Du darfst dich in unserem Job nicht von deinen Gefühlen leiten lassen. Das weißt du doch. Wir werden hoffentlich bald mehr wissen. Obwohl es keinerlei Hinweise auf ihren Wohnsitz oder ihren Arbeitgeber gibt.« Sanft streichelte er ihr über den Rücken.

Das Klingeln seines Handys erweckte seine Aufmerksamkeit, und er drehte sich zum Schreibtisch um. Schnell nahm er das Telefon in die Hand und drückte zweimal auf den Knopf an der Seite. Das Display, das vorher hell geleuchtet hatte, war wieder schwarz.

Sarah schaute ihn an, als er sich wieder zu ihr umdrehte. Der Blick, den sie ihm zuwarf, ließ nichts Gutes ahnen.

»Wer ist sie?«, brachte sie mit gedrückter Stimme heraus.

Carlos wusste im ersten Moment nicht, was er darauf antworten sollte. Sollte er ihr wirklich die Wahrheit sagen? Wäre das nicht noch zu früh? Das würde doch alles zerstören!

»Wer sie ist, habe ich dich gefragt!«, brüllte Sarah, die sich mittlerweile aus seiner Umarmung gelöst hatte und einen Schritt von ihm zurückgewichen war. »Ist es diese Rezeptionistin? Die, die sich dir an den Hals geworfen hat? Allein wie du sie angestiert hast!«

»*Mi cariño,* du verstehst das alles falsch. Es ist nicht so, wie du denkst. Die Frau aus dem Hotel ist die Tochter eines ehemaligen Kollegen. Ich hatte sie schon als Baby in meinen Händen.« Carlos ging auf sie zu und wollte sie in seine Arme schließen.

Doch sie stieß ihn von sich. Dann stürmte sie aus dem Arbeitszimmer, und kurz bevor die Tür mit einem lauten Knall zufiel, zischte sie ihm zu: »Du schläfst heute auf dem Sofa. Nur damit das klar ist!«

Carlos seufzte, als er auf die geschlossene Tür schaute. *Ich kann es ihr nicht sagen. Es ist noch zu früh dafür.*

Er wählte Cristianos Nummer. Dieser meldete sich sofort.

»Du musst mir helfen«, stammelte Carlos ins Telefon, noch bevor Cristiano ein Wort sagen konnte.

26

Aurelia war vollkommen außer Atem, als sie an der Adresse ankam, die ihr Ivan auf den Zettel geschrieben hatte. Es hatte eine Stunde gedauert, bis sie die Straße in Arguineguin gefunden hatte. Sie besaß keinerlei Ortskenntnis, wusste aber von Ivan, dass er ganz in der Nähe vom Bordell wohnte. Er kam jeden Tag zu Fuß von zu Hause, und einmal hatte er ihr erzählt, dass er nur die Treppe in das Einheimischenviertel hochgehen müsse und dann wäre er fast schon zu Hause. Somit war sie in ihrer Panik jede Straße in der Nähe abgelaufen. War jede der zahllosen Treppen hoch und runter. Immer hinter Mülltonnen oder Straßenecken Schutz suchend. Die Häuser standen alle dicht aneinandergebaut und glichen sich wie ein Ei dem anderen. Die Angst saß ihr noch im Nacken, als sie die wenigen Stufen zum Haus hinauflief. Einerseits erleichtert, die Adresse endlich gefunden zu haben, andererseits rief ihre innere Stimme zur Flucht auf: *Renn so weit weg, wie du nur kannst!* Was würde sie hier erwarten? Würde Vladimir schon hier sein und ihr auflauern? War das eine Falle, und Ivan meinte es doch nicht gut mit ihr, so wie sie immer dachte?

Die Schweißperlen tropften ihr von der Stirn, und sie keuchte. Sie beugte sich vornüber und stützte ihre Hände auf die Knie, um sich von den Strapazen der letzten Stunde zu erholen. Vorsichtig drehte sie sich um und schaute den Weg zurück, der von der Straße zu dem kleinen Haus führte. Es war keine Menschenseele zu sehen. Sie nahm noch einen tiefen Atemzug, richtete sich wieder auf und kramte in ihrer Hosentasche nach dem Schlüssel. Die Tür war mit einem Vorhängeschloss versehen. Sie nahm es in die linke Hand und versuchte, mit der rechten den Schlüssel in das Schloss zu bekommen. Es gelang ihr nicht, denn ihre Hände zitterten zu sehr.

»Jetzt beruhige dich endlich«, murmelte sie zu sich selbst. Ein Geräusch direkt hinter ihr ließ sie erstarren. Ein Klirren, gefolgt von einem Luftzug, den sie in ihrem Rücken spürte. Im ersten Moment konnte sie keinen klaren Gedanken fassen. Eiskalt lief das Blut durch ihre Adern, und eine Gänsehaut breitete sich auf ihrem ganzen Körper aus. *Vladimir hat mich gefunden. Gleich wird er mich von hinten packen und zu Boden reißen. Gleich werde ich das Klicken seines Springmessers hören und die scharfe Klinge an meinem Körper spüren. Ich hoffe, ich sterbe keinen qualvollen Tod, sondern verblute binnen Sekunden und es ist alles vorbei. Dann bin ich frei, für immer.*

Eine weiche Berührung an ihrem Fuß ließ sie nach unten blicken. Darauf folgte ein freundliches »Miau« von der rot-weißen Katze, die sich an ihren Beinen rieb. Aurelia lächelte. Die Anspannung, die Sekunden zuvor ihr Blut hatte gefrieren lassen, fiel mit einem Mal von ihr ab. Erleichtert steckte sie den Schlüssel in das Vorhängeschloss und öffnete die Haustür einen Spalt. Sofort verschwand die Katze maunzend im Inneren. Die Tür knarrte, als Aurelia sie ganz öffnete. Sie sah einen langen Flur vor sich, von dem rechts und links Türen abgingen. Langsam trat sie ein und schloss die Tür wieder. Eine große dunkle Kommode war der einzige Einrichtungsgegenstand in dem ansonsten tristen Eingangsbereich. Einen Fuß vorsichtig vor den anderen setzend, schlich sie zur ersten Tür und lugte hinein. Ein schmales Bett und ein Kasten, der eher einem Schuhschrank als einem

Kleiderschrank ähnelte, standen im Raum. Die Bettwäsche war fein säuberlich stramm gezogen. Eine einzelne Socke lag unter dem Bett. Sie ging zu dem Schrank, in dem sie Kleidung vermutete, machte diesen auf und nahm sich einen dunklen Pullover heraus. Trotz der Wärme, die draußen herrschte, fröstelte es sie. Schnell schlüpfte sie hinein, ging wieder aus dem Raum und wandte sich der nächsten Tür zu. Dahinter entdeckte sie ein schmales Badezimmer. Also, das war mit Sicherheit noch kleiner als das im Puff.

Gleich darauf öffnete sie eine weitere Tür und stand im Wohnzimmer. Zumindest ließ das einzelne, in die Jahre gekommene Sofa darauf schließen. Ein geöffneter Laptop, der auf dem Schreibtisch stand, fiel ihr ins Auge, und sie schritt darauf zu. Sie setzte sich auf den Stuhl, der unter ihrem leichten Gewicht verdächtig knarrte und allem Anschein nach besser auf den Sperrmüll gehörte als in eine Wohnung. Sie bewegte die Computermaus, und der Bildschirm flackerte auf. Sie war erleichtert, als sie sah, dass sie kein Passwort eingeben musste, sondern direkt auf die Startseite kam. Plötzlich ploppte ein Fenster in der rechten unteren Ecke des Bildschirms auf: ›*USB Disk 2.0 kann jetzt verwendet werden.*‹ Sie schaute auf die linke Seite des Laptops und sah einen USB-Stick. Sie klickte mit dem Cursor auf die Benachrichtigung, und es öffnete sich ein Fenster mit verschiedenen Ordnern mit Datumsanzeigen. Einer war auf vor zwei Tagen datiert. Sie machte einen Doppelklick darauf, und es öffnete sich ein weiteres Fenster. Gleich darauf begann ein Video zu laufen:

Sie sah Malia, die in weißer Spitzenunterwäsche an einer schwarzen Stange langsam zu einer Musik tanzte, die Aurelia nicht hören konnte. Es sah fast so aus, als schwebte sie über dem Boden. Frei von allen Sorgen bewegte sie ihre Hüften. Ein Mann um die sechzig mit schütterem dunkelblondem Haar und in einem dunklen Anzug ging auf sie zu und flüsterte ihr etwas ins Ohr. Malia lächelte und nickte. Daraufhin winkte der Mann einem Angestellten zu. Schnellen Schrittes brachte dieser ihm auf einem Silbertablett etwas, was Aurelia auf den ersten Blick nicht erkennen konnte.

Stimmen waren zu hören, allerdings nicht von dem Video, sondern von draußen aus dem

Flur. Sie drangen durch die Holztür. Stimmen in einer Sprache, die Aurelia nur zu gut kannte. *Mist. Was mache ich nur? Ich muss hier raus!*

Schnell sprang sie auf und hetzte zum Fenster. Geschickt schob sie den einen Teil des Schiebefensters zur Seite und sah, dass sie wohl gute drei Meter nach unten springen musste, um hier hinauszukommen. Sie hörte bereits die Tür knarren, und schwere Schritte traten auf den Holzfußboden. Flott drehte sie sich zum Laptop um, zog den USB-Stick aus dem Laufwerk und hievte sich auf den Fenstersims. Die Schritte kamen immer näher, und gleich würden sie sie erreichen. Ihr Herz hämmerte fest gegen ihren Brustkorb. Das Adrenalin schoss ihr durch die Adern. Sie stand auf der Fensterbank, schluckte kurz, als sie nach unten sah, sprang aber eine Sekunde später in die Tiefe.

Sie landete unsanft in einem Container, der sie mit lautem Gepolter in sich aufnahm. Sie wusste, es würde nur noch Sekunden dauern und die Männer würden aufgrund des Lärms im Hinterhof aus dem Fenster schauen. Schnell zog sie sich einen der großen schwarzen Müllsäcke über ihren Körper. Sie machte sich so klein wie möglich und presste ihre Knie fest an den

137

Brustkorb, um unter den Müllsack zu passen. Hektisch atmete sie ein. Stellte aber sofort fest, dass das keine gute Idee war, da sich ein abartiger Gestank nach vergammeltem Fisch und saurer Milch in ihre Nase bohrte. Sie öffnete leicht den Mund. Ihr war speiübel, aber sie wusste, jede Bewegung könnte sie das Leben kosten. Etwas kitzelte auf ihrem Handrücken. Dieses Kitzeln verwandelte sich in Ekel, als Aurelia begriff, was gerade ihre Hand nach oben lief. Ihre Haut reagierte sofort, und selbst an Stellen, wo sie keine Haare hatte, kam es ihr so vor, als stellten sich dort welche auf. Die dünnen Beinchen hatten bereits ihren Oberarm erreicht, und das widerliche Tier war schon nahe an ihrem Ohr. Sämtliche Alarmglocken schrillten. Die Stimmen in ihrem Kopf befahlen ihr, sofort den Mund zu schließen. Ansonsten würde es sich die Kakerlake darin gemütlich machen.

Ein lautes »Miau«, dicht gefolgt von einem Fauchen. Ein Schreien und Schimpfen und ein Stoß gegen den Müllcontainer ließen sie aufhorchen. Im Moment war die Kakerlake wohl ihr geringstes Problem. Die russischen Wortfetzen vor ihrem Versteck ließen darauf schließen, dass die Schläger, die ihr Vladimir hinterhergeschickt hatte, nicht das gefunden hatten, was sie suchten. Nämlich Aurelia.

Sie spitzte die Ohren und versuchte, Geräusche von außen wahrzunehmen. Alles um sie herum war wieder ruhig geworden. Sie hörte nichts bis auf ein leises Rascheln, das sich oberhalb von ihr befand. *Das muss die Katze von Ivan sein. Mein Lebensretter.*

Doch sie wagte es nicht, auch nur einen Mucks von sich zu geben. Erleichtert stellte sie fest, dass die Kakerlake wohl durch den Stoß gegen den Mülleimer von dannen gezogen war. Allerdings – wie lange sollte sie hier noch warten? Vielleicht waren sie schon weg? Vielleicht aber auch nicht. Wenn sie zu früh aus ihrem Versteck herauskrabbelte, würde sie den Schlägern unter Umständen ins Messer laufen. Sie hörte über sich ein zufriedenes Schnurren und spürte die Pfoten, die sie leicht traten. *Du hast ein schönes Leben. Wenn ich das alles hier überlebe, verspreche ich dir, ich komme dich holen und sorge für dich.* Aurelia wusste nicht, wie lange sie bereits über einen Neuanfang nachdachte. Waren es Minuten oder doch schon Stunden gewesen?

Sie hatte sich an den widerlichen Gestank in

dem Müllcontainer noch immer nicht gewöhnt. Aber der Ekel davor war der Erleichterung gewichen, nicht von Vladimirs Männern gefunden worden zu sein.

Leise schob sie den Müllsack zur Seite und schaute nach oben. Alles ruhig, und kein Licht war zu sehen. Mittlerweile dämmerte es bereits. Die Gefahr schien vorbei zu sein. Ihre neue Freundin erhob sich, als Aurelia ihren Schlafplatz zerstörte, und streckte sich genüsslich. Gleich darauf folgte ein herzhaftes Gähnen. Aurelia setzte sich auf. Sie streckte ihre Beine aus und merkte, dass ihr linker Fuß eingeschlafen war. Er kribbelte fürchterlich, als das Blut wieder ungehindert durch die Adern floss. Die Katze sprang auf ihre Oberschenkel. Aurelia streichelte sie. »Ab sofort heißt du Fortuna. Das bedeutet Glück. Du bist meine Glückskatze«, flüsterte sie ihr zu. Fortuna genoss die Streicheleinheiten sichtlich und schmiegte sich mit dem Kopf gegen ihre Hand.

Als das Kribbeln in Aurelias Fuß aufgehört hatte, sprang sie aus dem Container hinaus. Fortuna sah ihr nach, blieb aber darin sitzen.

»Ich komme dich holen«, sagte Aurelia. »Ich verspreche es dir.«

Als Antwort folgte ein leises »Miau«.

Aurelia lief die Treppe nach oben, zwei Stufen auf einmal nehmend. Auf dem ersten Absatz blieb sie stehen und schaute sich nach allen Seiten um. Kein Licht, kein Geräusch, keine Menschenseele.

Und was mache ich nun? Wo soll ich bloß hin? Hier bin ich auch nicht sicher. Vielleicht kommen die Schläger wieder, und beim nächsten Mal habe ich vielleicht nicht so viel Glück.

Da drängte sich ein Gedanke in den Vordergrund. Der Plan, den sie gerade schmiedete, könnte funktionieren. Sie sprintete los in die dunkle Gasse auf die beleuchtete Straße zu.

27

Das Herz klopfte ihm bis zum Hals, als Sven sich auf der Innenseite des Tores zu Boden gleiten ließ. Leise schlich er auf Zehenspitzen an der Hausmauer entlang und spähte dort um die Ecke. Er sah die dunkle Gestalt vor dem Bürofenster stehen. *Toll, jetzt verschafft sich der Einbrecher auch noch durch meine Hilfe Zutritt zu dem Gebäude. Das kann doch alles nicht wahr sein.*

Der Mond schien hell und beleuchtete einige Stellen des Hinterhofs. Sven sah sich um. Wenn der Einbrecher ihn erwischte, was dann? Zwar hatte er eine Spezialausbildung im Bereich Kampfsport, eine sehr gute sogar in Selbstverteidigung, allerdings schien ihm das im Moment zu wenig zu sein. Wenn der Typ bewaffnet war, wovon man bei einem Einbrecher ausgehen konnte, dann würde das für ihn vielleicht nicht gut enden.

Er sah Wein- und Sektflaschen auf dem Boden stehen, vielleicht zwei Schritte von ihm entfernt. Wenn er schnell genug wäre, dann könnte er dem Typen damit eins über den

Schädel ziehen. Allerdings musste er aufpassen. Nicht dass er ihn umbrachte und ihm wieder ein Mord angelastet wurde. Er holte tief Luft, sprintete los, schnappte sich eine Weinflasche und stürmte auf den Einbrecher zu, der sich genau in diesem Moment zu ihm umdrehte. Sven hatte bereits seine Hand erhoben und war gerade dabei, seinen Arm schwungvoll zu senken, als er plötzlich innehielt. Das Gesicht, das vom Mond angeschienen wurde, brachte ihn zum Erstarren, und er fühlte sich sofort wieder in seine Vergangenheit zurückversetzt.

»Du?«, zischte er und ließ seinen Arm langsam sinken. »Was machst du hier? Bist du total bescheuert? Ich hätte dir fast mit der Flasche eins übergebraten!«

»Sven?«, flüsterte Aurelia. »Bist du das wirklich? Ah, ich dachte, du bist … du wärst für immer verschwunden.« Blitzschnell trat sie auf ihn zu und umarmte ihn.

Er drängte sie von sich. »Was machst du hier? Wie kommt es, dass du hier draußen bist und nicht drinnen?«

»Ich bin heute mit Ivans Hilfe geflohen. Er ist tot. Ich glaube, Vladimir hat ihn wegen mir umgebracht.«

143

»Ivan ist tot? Verdammte Scheiße! Was machst du dann noch hier?«

»Ich brauche meinen Pass. Der ist im Büro vom Chef. Hoffe ich zumindest. Was machst du hier?«

»Dörte, meine Ex-Freundin, ist umgebracht worden, und ich bin auf der Suche nach Beweisen, die ihren Mörder überführen. Ich glaube, Nikolaj hat sie umgebracht. Los jetzt! Wir haben keine Zeit zu verlieren.« Sven steckte seine Finger ineinander und machte für Aurelia eine Räuberleiter. Sobald sie im Raum war, stemmte er sich das Fensterbrett hoch. Drinnen ließ er sich vorsichtig auf den Boden gleiten.

Der hereinscheinende Mond erhellte nicht das ganze Büro. Das Deckenlicht einzuschalten, würde zu viel Aufsehen erregen. Somit holte Sven ein Feuerzeug aus seiner Hosentasche und ging damit zum Schreibtisch, auf dem nur die Tastatur des Computers und der dazugehörige Monitor standen. *Wo soll ich bloß suchen? Und vor allem, wonach?* Sven rüttelte an der Schreibtischschublade. Erfolglos. Sie ließ sich nicht öffnen.

Aurelia schaute hinter jedes Bild auf der Suche nach einem Tresor oder Ähnlichem. Sie wurde nicht fündig und trat an seine Seite.

»Wir müssen versuchen, die Schublade aufzubrechen«, sagte Sven und suchte nach einem geeigneten Gegenstand, fand aber auf dem Tisch nichts Brauchbares. »Scheiße!«, entfuhr es ihm kurz darauf, er ließ das Feuerzeug fallen und steckte sich seinen Daumen in den Mund.

Auch der Mond schien es nicht gut mit ihnen zu meinen, denn es wurde von einer Sekunde auf die andere komplett finster, sodass sie kaum noch die eigene Hand vor Augen sehen konnten.

»Verdammte Kacke!« Sven fluchte leise vor sich hin, als er sich auf die Knie begab, um den Boden nach dem Feuerzeug abzusuchen.

Sekunden vergingen wie Minuten auf der nicht enden wollenden Suche nach dem verlorenen Licht. Sven tastete bereits panisch zum dritten Mal dieselbe Stelle ab, fand aber nichts. Kein Feuerzeug, kein Licht, keine Beweise.

Dann sah er auf, und durch den Spalt unterhalb der Bürotür drang Licht. Schritte waren zu hören, die sich den beiden näherten.

Oh nein, nicht auch das noch. Wo sollen wir uns verstecken? Sven schaute zu Aurelia, die wie gebannt auf die Tür starrte und sich nicht rührte. Er sprang auf, nahm ihre Hand und riss sie mit sich. Zwischen Tür und Mauer war gerade genug Platz, dass sie sich verstecken konnten. Eng aneinandergeschlungen standen sie da. Sie zitterte am ganzen Körper und atmete schnell, und als die Schritte direkt vor der Tür waren, merkte Sven, wie Aurelias Gewicht in seinen Armen stark zunahm und ihr Körper nach unten sackte.

Das ist ja zum Kotzen. Sie hätte sich keinen besseren Zeitpunkt zum Ohnmächtigwerden aussuchen können. Was mache ich denn jetzt bloß?

Er umschlang sie noch fester und drückte sie an sich. Er hörte, wie ein Schlüssel ins Schloss gesteckt und die Türklinke nach unten gedrückt wurde. Ein Streifen Licht fiel in den Raum. Ein silberner Gegenstand, der in dem Regal gegenüber lag, erweckte Svens Aufmerksamkeit. Wenn er dazu Gelegenheit bekäme, dann würde er ihn benutzen.

Derjenige, der die Tür geöffnet hatte, stand noch immer im Türrahmen. Allerdings betrat er den Raum nicht, sondern schloss die Tür gleich wieder. Der Schlüssel wurde erneut im Schloss gedreht, und die Schritte entfernten sich.

Sven legte Aurelia auf dem Boden ab und tätschelte ihr Gesicht. Sie atmete wieder ruhiger als zuvor.

»Komm schon, Mädchen«, flüsterte er.

Langsam regte sie sich. Das Büro wurde wieder vom Mond erhellt. Die Wolken schienen sich verzogen zu haben. Sie blinzelte ein paarmal, bis sie ihre Augen ganz öffnete. Er fasste mit seiner rechten Hand unter ihren Rücken und half ihr, sich aufzusetzen.

Sie griff sich an den Kopf. »Was ist passiert? Wieso sitze ich auf dem Boden? Ah, ich habe furchtbare Kopfschmerzen.«

»Kann ich dir grad nicht erklären. Wir müssen uns beeilen. Du bleibst hier sitzen. Ich komme gleich.« Sven stand auf und ging zu der Ablage. Er nahm den silbernen Brieföffner, der ihn kurz zuvor angeblinkt hatte, und versuchte, damit die Schublade zu öffnen. Was ihm auch gelang. Sie ließ sich aufziehen, und unter einigen Zetteln befanden sich mehrere Handys. Eines davon hatte ein oranges Cover im Retrolook. *Könnte das von Dörte sein? Sie liebte die Farbe Orange und war ein Fan der Sechziger.* Er steckte das Telefon ein und kramte weiter in der Lade. Allerdings waren darin keine Pässe zu finden.

Er ging zu Aurelia und holte sie wieder auf die Beine. Nachdem er sie auf das Fensterbrett gesetzt hatte, kletterte er hinaus in den Hinterhof und half ihr auf den Boden. Er schloss das Schiebefenster und stützte Aurelia, indem er ihr einen Arm um die Hüfte legte. Sorgen bereitete ihm allerdings das Tor, das immerhin über zwei Meter hoch war. Da mussten sie unbemerkt drüberkommen. Aber wie? Er befürchtete, dass Aurelia das in ihrem Zustand nicht schaffen würde. Aber Sven konnte sie unmöglich hier zurücklassen. Schließlich hatte sie bereits genug mitgemacht. Nur einige Meter vom Tor entfernt stand der Türsteher. Und wenn der auf sie beide aufmerksam werden würde, dann … ja dann … Er wollte nicht weiter darüber nachdenken – lieber positiv denken. Sie würden das schon schaffen. Er stellte sich mit Aurelia an die Hausecke und schaute nach vorne.

Gut, wenn ich ihr zuerst hochhelfe, sie dazu bringe, dass sie sich oben festhält, ich dann schnell darübersteige und sie unten wieder auffange … ja, das könnte klappen. Der Plan in seinem Kopf war fertig. Nun ging es an die Umsetzung – der schwerste Teil eines Planes, der vorerst nur in der Theorie bestand und vermutlich, so dachte zumindest Sven, auch in der Praxis durchführbar war. Rein theoretisch sollte es praktisch funktionieren. Er wollte sie gerade mitnehmen zum Tor, da sah er, wie dieses wackelte und langsam aufging.

Was ist denn jetzt los? Kommt etwa Nikolaj wieder zurück?

Versteck dich, schrie seine Vernunft. *Und vergiss die Alte!* Sven schaute nach vorne. Das Tor war jetzt ganz geöffnet. Aber er sah die Scheinwerfer des Mercedes nicht. Sondern die eines großen Lkw. Eckige Lichter erhellten den Hinterhof. Die Müllabfuhr!

Gut, nächster Plan. Einfach so hinauslaufen ging nicht. Die Gefahr, gesehen zu werden, war zu groß. Davon abgesehen hing Aurelia in seinen Armen und konnte sich kaum auf den Beinen halten. Aber zumindest sagte sie kein Wort. Immerhin ein Vorteil.

Der Lkw fuhr bereits rückwärts auf den Hof, hielt an, und ein Mann stieg aus dem Führerhaus. Sven atmete auf. Wenigstens stand niemand hinten auf den Metallsprossen. Wieder ein Vorteil. Vielleicht könnten sie es schaffen, hinter den Lkw zu laufen, um dann in dessen Schutz an der linken Seite hinauszukommen. Das war die Chance, die er sah, während der erste schwarze Container mithilfe eines elektrischen Arms in die Luft gehoben wurde und sein Inhalt geräuschvoll im Inneren des Lkw landete. Als auch der zweite Container entleert war und der Mann wieder in das Führerhaus stieg, ergriff Sven ihre einzige Chance. Er zog Aurelia fest an sich und hechtete mit ihr im Schlepptau hinter den Lkw. Dieser startete den Motor und rollte langsam aus der Einfahrt. Als er mit dem ersten Drittel seiner Gesamtlänge bereits wieder auf der Straße stand, schleppte Sven Aurelia an der linken Seite des Lkw vorbei und versteckte sich mit ihr im Eingangsbereich des nächsten Gebäudes.

28

Sarah wachte am nächsten Morgen mit unerträglichen Kopfschmerzen auf. Es kam ihr vor, als hätte sie einen Kater von einem Saufgelage am Vorabend, das aber gar nicht stattgefunden hatte. Manchmal fand sie es doof, keinen Alkohol zu trinken, obwohl es ihre freie Entscheidung war. Sie verzichtete darauf, weil sie fand, dass Alkohol eklig schmeckte. Sie setzte sich in ihrem Bett auf und streckte sich erst einmal. Dann ging sie ins Badezimmer und schaute sich im Spiegel an.

Unzufrieden betrachtete sie ihre Rundungen, an denen sie in den letzten Jahren beträchtlich zugelegt hatte. Sie griff zur Bürste und fing an, ihr Haar zu kämmen. Vereinzelt stieß sie in ihren braunen Haaren auf ungeliebte graue, die sie sich sofort ausriss. *Ich bin doch erst dreiunddreißig. Wie kann es sein, dass ich da schon graue Haare habe? Selbst meine Mutter hatte in diesem Alter noch keine. Oder doch?*

Eine Tablette gegen die Kopfschmerzen später schlurfte sie die Treppe nach unten. Es war alles still im Haus. *Wo ist Carlos? Ist er etwa in der Nacht zu der anderen geschlichen?*

Sie schaute Richtung Sofa und sah die Bettwäsche, die sie ihm gestern noch die Treppe hinuntergeschmissen hatte, fein säuberlich zusammengelegt dort liegen. Also war er doch bei der anderen gewesen. *Warum habe ich ihm bloß geglaubt? All seine Versprechungen waren nur Seifenblasen, die jetzt zerplatzen. Er liebt mich. Pah! Dass ich nicht lache.*

Sie wandte ihren Blick vom Sofa ab und betrat die Küche. Auf der Arbeitsplatte lag ein Zettel. Sie las:

Hola, mi amor, Cristiano kommt dich dann abholen. Raúl ist bereits bei deiner Mutter. Sie hat ihn schon früh morgens abgeholt, und wir wollten dich nicht wecken. Wir sehen uns am Abend, und dann reden wir, ja?

Sarah ließ den Zettel achtlos auf den Boden fallen. *Was glaubt der eigentlich? Soll ich so tun, als wäre nichts gewesen? Als wäre ich nicht hinter sein Geheimnis gekommen? Er betrügt mich, ganz klar.*

Sie schaltete die Kaffeemaschine ein, und während die lebenswichtige braune Brühe in die

Tasse lief, fiel ihr Blick auf den Titel der Tageszeitung.

Ein Mann wurde heute mit einer Stichverletzung im Bauchraum im Hafenbecken von Arguineguín tot aufgefunden. Die Polizei schweigt, obwohl es bereits der dritte Mord in drei Tagen ist. Haben wir es hier mit einem Serienmörder zu tun? Die ganze Stadt ist in heller Aufregung. Die Menschen trauen sich nicht mehr auf die Straßen, die Hotels empfehlen ihren Gästen, sich nur in der Hotelanlage aufzuhalten, bis der Mörder gefasst wird.

Schon wieder ein Toter? Okay, ich denke, das ist der Grund, warum Carlos so früh wegmusste. Oder weiß er noch nichts davon? Sie schüttelte ihre Gedanken aus dem Kopf und nippte an ihrem Kaffee. Schon der erste Schluck hauchte ihr wieder Lebensenergie ein.

Erneut fiel ihr Blick auf die Zeitung. Serienmörder. Konnte es wirklich sein, dass diese drei Morde zusammenhingen? Zuerst die Tote in Playa del Inglés, dann gleich am nächsten Tag die Frau, die aus dem Meer gefischt worden war, und heute der Tote im

Hafenbecken. Aber wenn Sarah sich recht erinnerte, dann war der ersten Frau die Kehle durchgeschnitten worden, die zweite Frau hatte man ertränkt, und der Mann hier war erstochen worden. Drei verschiedene Vorgehensweisen. Alle drei Opfer hatten auf den ersten Blick nichts gemeinsam, außer dass sie tot waren. Bisher hatte sich dahin gehend noch keine brauchbare Spur ergeben. Konnte das wirklich derselbe Täter gewesen sein? *Nein, ich denke mal, dass es sich hierbei um verschiedene Täter handelt, was natürlich die Sachlage nicht besser, sondern eher schlimmer macht. Drei Täter, die auf der Insel ihr Unheil treiben.*

Ihre Gedanken wurden von der Klingel unterbrochen. Sie schlurfte noch im Schlafanzug mit ihrer Kaffeetasse in der Hand zur Tür und öffnete diese.

Cristiano begrüßte sie mit einem verwunderten Blick.

Sie hob sofort abwehrend die Hand. »Bin gleich fertig. Komm rein und mach dir einen Kaffee und lies mal, was die *El País* schon wieder für Neuigkeiten hat.«

29

»Wir sollten zur Polizei gehen, wirklich jetzt«, sagte Jenny und schaute zu Aurelia, die neben ihr saß. Aurelia hatte stundenlang erzählt – davon, was im Bordell geschehen war. Auch von dem Mord an Ivan und ihrer Flucht.

Plötzlich sprang Aurelia auf. Sie fuchtelte wild um sich. »Bist du verrückt? Wenn die Polizei mich findet, dann bringen die mich sofort zu Nikolaj zurück. Die stecken doch alle unter einer Decke. Ich gehe sicher nicht zur Polizei.«

»Ich kann auch nicht zur Polizei gehen«, sagte Sven, der mit gekreuzten Beinen auf dem Boden saß. »Die würden mich sofort festnehmen und mich bis an mein Lebensende in irgendeinem Loch verrotten lassen. Die Einzige, die gehen kann, bist du.« Er schaute zu Jenny, die ihn mit großen Augen ansah.

»Und was soll ich sagen? Ich habe einen USB-Stick mit Videoaufzeichnungen von einer Party und einen Kalender mit einer Eintragung, die keiner entziffern kann. Außerdem habe ich ein gestohlenes Handy einer toten Frau, mit dem wir nichts anfangen können, weil wir den Code nicht kennen, und wir haben einer unfreiwilligen Nutte zur Flucht verholfen. Klingt nach einem tollen Plan.«

»Was habt ihr für einen Kalender?«, fragte Aurelia.

Sven stand auf und holte das kleine Buch aus der Küchenschublade, in der er es am Abend zuvor versteckt hatte. Er blätterte zu der bestimmten Stelle und reichte den Kalender Aurelia.

›71318829ZT0R‹ stand quer über den linierten Zettel geschrieben, daneben die fünf Karos, ›12.6.‹ oben als Datum. »Das scheint ein alphanumerischer Code zu sein«, sagte Aurelia. »Ich habe das als Kind oft mit meiner Oma gespielt. Ich mochte immer schon diese Rätsel. Und es war ein lustiger Zeitvertreib. Da gibt es mehrere Varianten, wir werden alle ausprobieren. Ich brauche einen Stift, bitte.«

Jenny gab ihr einen Kugelschreiber in die Hand und schob ihr einen leeren Zettel hin.

Aurelia schrieb den Code auf den Zettel und machte dann zwischen den Buchstaben und den Zahlen einen Strich. »So, nun haben wir die Sieben, die Dreizehn, die Achtzehn, die Acht, die Neunundzwanzig, ein Z, ein T, die Null und ein

R. Die drei Buchstaben und der Nuller deuten auf eine Zahl hin. Warte mal.« Sie schrieb alle Zahlen von eins bis zehn auf, dann schrieb sie bestimmte Buchstaben daneben. »Gut, die Zahlen sind eins, sieben, null, neun. Sagen dir diese Zahlen etwas, Sven? Nein? Okay, weiter geht es. Jetzt zu den Buchstaben.«

Sie schrieb die Buchstaben von A bis Z untereinander, daneben ordnete sie jedem Buchstaben eine Zahl in aufsteigender Reihenfolge zu.

Nach einiger Zeit und mehrmaligem Ausprobieren schrieb sie ein C, gefolgt von einem I und ein N. Sie suchte gerade nach dem nächsten Buchstaben, als Sven aufsprang und hektisch rief: »Cindy ist die Lösung. Ja, natürlich. Cindy wurde am 17. September geboren.«

»Also Cindy ist deine Tochter, oder wie?«, fragte Jenny.

»Nein, Cindy war unser Hund. Unser erster gemeinsamer Hund. Sie war eine braun-weiße Mischlingshündin. Wir haben sie geliebt, als wäre sie unser Baby. Leider ist sie kurz vor unserer Auswanderung gestorben. Wir haben jedes Jahr ihren Geburtstag gefeiert, Dörte wollte das so.«

»Okay, ein Hund«, sagte Jenny und spitzte ihren Mund. »Also, wir haben nun den Code geknackt. Und jetzt?«

Sven griff zu Dörtes altem Handy, das bereits seit einiger Zeit am Ladekabel hing. Er schaltete es ein. Gleich darauf erschien auf dem Bildschirm ein Textfeld für die Eingabe des Codes der Gerätesperre.

Sven tippte den entschlüsselten Code ein, allerdings war nach den ersten vier Zeichen Schluss. Dann versuchte er es nur mit den Zahlen, mit Cindys Geburtsdatum. Auf dem Display erschien: >*Sie haben ein falsches Passwort eingegeben.*< Er seufzte und starrte auf das Display. Dann reichte er das Handy an Jenny weiter und sagte: »Gut, also fürs Handy ist der Code nicht. Aber wofür dann?« Jenny und Aurelia zuckten mit den Schultern.

Sven starrte auf den Kalender. Plötzlich fiel ihm etwas ein. *Na klar. Warum bin ich da nicht schon früher draufgekommen?* »Zumindest weiß ich, was es mit dem Datum im Kalender auf sich hat. Das ist der Tag, der 12. Juni, an dem Dörte ihren Unfall hatte, oder wie man es auch immer ausdrücken will.«

»Was für einen Unfall? Was meinst du?« Jenny richtete sich auf.

»Es geschah vor knapp einem Jahr«, erzählte Sven. »Wie ihr bereits wisst, habe ich für Nikolaj gearbeitet. Zuerst als Türsteher, dann als Bodyguard. Da kriegt man einiges mit, was das Geschäft betrifft. Dörte und ich haben ihn vor knapp drei Jahren im Dragon kennengelernt. Eigentlich war es purer Zufall, dass wir uns dort über den Weg gelaufen sind. Wir waren erst kurz auf der Insel, hatten zwar etwas Erspartes auf der hohen Kante, mussten uns aber beide einen Job suchen, um auf Dauer hierbleiben zu können. Tja, und an dem besagten Abend liefen wir Nikolaj über den Weg. Er hat gerade eine Kellnerin angeschrien. Sie hatte versehentlich das Bier von einem Gast verschüttet. Auf ihn. Er hat sie entlassen, sie lief heulend davon, und wir saßen an der Theke. So kam eines zum anderen. Dörte wurde als Bedienung eingestellt, und ich bekam meinen Posten als Türsteher. Ehrlich …« Er wandte sich flehend an Aurelia. »Ich wusste am Anfang nichts von dem Bordell und woher er die Mädchen bekommt. Ansonsten hätte ich dort doch nie angefangen. Da kam ich erst knapp ein Jahr später drauf, als Nikolaj mir sagte, dass ich einen Spezialauftrag hätte. Ein rothaariges Mädchen lag blutüberströmt in ihrem Zimmer. Und ich sollte sie entsorgen. So viel Angst hatte ich noch nie in meinem Leben. Aber Ivan war an meiner Seite und beruhigte mich. Wir fuhren mitten in der Nacht mit einem kleinen Boot aufs offene Meer und versenkten sie. Ihre Füße steckten in einem Eimer, der mit Beton gefüllt war. Meine Hände, meine Kleidung – alles war voller Blut.«

Kein Wort kam über Jennys oder Aurelias Lippen. Im Apartment war es so still, dass man eine Stecknadel fallen gehört hätte.

Sven schluckte, dann räusperte er sich und sprach weiter: »Dörte habe ich von alledem nichts erzählt. Wie auch hätte ich es ihr sagen sollen? Sie war so glücklich mit ihrem Job, und auch dass Nikolaj sie antatschte, machte ihr nichts aus. Sie meinte immer, das gehört eben zum Business dazu. Und schließlich sei er zärtlich zu ihr. Dass ich es widerlich fand, muss ich euch wohl nicht sagen, oder? Sie war meine Freundin, und der alte, fette Sack fasste sie mit seinen schlüpfrigen Fingern an. Nun zum 12. Juni: Es war ein Tag wie jeder andere. Wir waren nun fast zwei Jahre auf dieser verdammten Insel, und ich hätte mir nichts sehnlicher gewünscht, als endlich hier zu verschwinden. Ich wollte mein altes Leben zurück.« Er schaute in die zwei Augenpaare, die ihn voller Erwartung anblickten. Er wusste, nun war es Zeit, Klartext zu sprechen. »Vorher schon, ein Jahr bevor das passierte, verfiel ich dem Alkohol. Ich glaube sogar, seitdem das mit dem rothaarigen Mädchen war. Ich habe diese Albträume nicht mehr ertragen, und diese toten Augen verfolgten mich überallhin. Zuerst waren es nur zwei, drei Bier am Abend. Doch irgendwann genügte mir das nicht mehr, und ich griff zu härteren Sachen. Dass die Beziehung zwischen mir und Dörte sich auch veränderte, und zwar zum Negativen, muss ich wohl nicht sagen, oder? Wir stritten uns immer häufiger und entfernten uns Tag für Tag voneinander. Und an diesem Abend kam ich sturzbetrunken nach Hause. Ich kotzte sogar direkt vor die Haustür. Mein erster Weg war in die Küche zu meinem Geheimvorrat. Aber so geheim, wie ich dachte, war er nicht. Es stank erbärmlich, und dann sah ich es. Sie hatte alle Alkoholflaschen zusammengesammelt und in den Abfluss gekippt. Die leeren Flaschen standen noch auf der Arbeitsplatte. Und dann kam sie um die Ecke. In der Hand eine Flasche Whiskey, die noch halb voll war. Ich schrie sie an und riss ihr die Flasche aus der Hand. Dann trank ich sie in einem Zug aus. Sie tobte und schrie. Und dann wurde es schwarz um mich. Keine Ahnung, wieso. Ich wachte auf dem Treppenabsatz wieder auf und hatte rasende Kopfschmerzen, und als ich an meinen Hinterkopf griff, war dort eine riesige Beule. Ich raffte mich auf und wankte die Treppe hinunter, von wo aus ich Gestöhne hörte. Dort unten, am Fuße der Stufen, lag Dörte, blutüberströmt und wimmernd. Ich wusste im ersten Moment nicht, was ich machen sollte. Schließlich konnte ich aufgrund meines Alkoholpegels und der Kopfschmerzen nicht klar denken.«

»Also hast du sie die Treppe hinuntergeschubst, weil sie deine Alkoholsucht nicht mehr ertragen hat!«, warf Jenny ein und wandte sich mit angewidertem Gesichtsausdruck von ihm ab.

»Ja ... nein. Ich weiß es doch auch nicht. Wie gesagt, plötzlich war alles schwarz vor meinen Augen. Hör mir doch zu. Neben Dörte lag ein schwarz gekleideter Mann. Er hatte eine

Schusswunde mitten auf der Stirn. Ein aufgesetzter Schuss, sagt man in der Fachsprache. Ich wäre zu diesem Zeitpunkt nicht mal fähig gewesen, eine Waffe zu halten, und schon gar nicht, damit zu schießen. Ich kann es unmöglich gewesen sein, obwohl andererseits, wer soll es sonst gewesen sein? Schließlich sah ich meine Pistole neben dem Toten liegen. Wie auch immer die dort hingekommen war. Das ist nur eine von vielen Ungereimtheiten, die ich bis heute noch nicht verstanden habe. Ich bin abgehauen, weil ich Panik bekam. Am nächsten Tag war mein Foto bereits in der Zeitung. Ich rief Ivan an, der mich mit dem Boot vom Chef mitten in der Nacht zu einem Schlepperboot fuhr, das mich aufs Festland nach Spanien brachte. Von dort aus bin ich nach Österreich zurück und bei Freunden untergetaucht.« Sven hatte seine Hände wie zu einem Gebet gefaltet.

Jenny blickte wieder in seine Richtung. »Also, wenn du so treuherzig schaust, dann glaube ich, dass du die Wahrheit sagst. Gut, wir müssen das Telefon von Dörte knacken. Dann finden wir vielleicht mehr heraus.«

30

»*Vale,* wieder ein Toter. Das kann doch alles kein Zufall mehr sein«, sagte Carlos zu Cristiano. Cristiano und Sarah waren gerade auf dem Revier angekommen. Allerdings würdigte ihn Sarah keines Blickes. *Na, das kann heute ja noch heiter werden!*

»Gestern war noch die Rezeptionistin auf dem Revier und hat ihre Aussage gemacht«, sagte Cristiano. »Wir haben nun eine Beschreibung von der braunhaarigen Frau, die Wagner begleitet hat. *Und* wir haben ein Überwachungsvideo vom Hoteleingang. Allerdings schwarz-weiß und von ziemlich schlechter Qualität. Wagner und unsere Unbekannte sind kurz vor fünf Uhr morgens mit einem Moped vorgefahren. Dann haben die beiden gestritten. Es schien fast so, als wollte unsere Unbekannte abhauen, und er ist durchgedreht und hat das Moped umgetreten. Nach einer kurzen Debatte – Wagner könnte wirklich ein echter Spanier sein, so wie er wild gestikuliert hat – sind dann beide Hand in Hand hineingegangen. Wir haben Teilausschnitte vom

Kennzeichen. Unsere Techniker sind dran. Wenn das Moped auf ihren Namen läuft, dann wissen wir hoffentlich bald, wo sich Wagner aufhält.«

»Das sind gute Neuigkeiten«, sagte Carlos. »Dann werden wir dieser Dame einen Besuch abstatten. Der Tote, der heute gefunden wurde, heißt Ivan Iwanow. Gebürtiger Russe. Und jetzt stellt euch mal vor, wo er gearbeitet hat.« Er blickte in die Runde und sah in zwei Augenpaare, die ihn groß anschauten und gespannt auf die Lösung waren. Allerdings drehte Sarah sofort ihren Kopf weg, als sich ihre und Carlos' Blicke trafen. Cristiano zuckte mit den Schultern.

»Bei Nikolaj Popow in der Diskothek Dragon am Hafen von Arguineguin«, erzählte Carlos weiter. »Das kann doch alles kein Zufall mehr sein. Zuerst wird Popows Freundin ermordet, jetzt sein Angestellter. Nur die Frau, die der Fischer in seinem Netz fand, passt noch nicht ins Bild. Aber das fehlende Puzzlestück wird schon noch auftauchen. Wir sollten in der Disco vorbeifahren. Obwohl, wenn ich auf die Uhr sehe, ist es für die Disco wohl noch etwas zu früh. Vielleicht sollten wir ihm bei sich zu Hause einen Besuch abstatten?«

Ein Klopfen am Türrahmen unterbrach ihr Gespräch. Ein Uniformierter streckte Carlos einen Computerausdruck entgegen. Carlos stand auf und nahm ihn entgegen.

»¿*Jefe?* Wir haben den Abgleich des Nummernschildes von dem Moped. Es gab drei Treffer bei dem Teilausschnitt.«

»*Gracias*[19]«, antwortete Carlos und schaute sich die drei Namen an. Sofort setzte er sich an seinen Schreibtisch und tippte den ersten Namen ein. »Weiblich, dreiundsechzig Jahre alt«, murmelte er vor sich hin und strich den Namen auf dem Zettel durch. Er tippte den nächsten ein. »Das könnte sie sein. Jennifer Huwer. Dreißig Jahre alt. Braune Haare, braune Augen. Schlanke Statur.« Carlos schaute zu Sarah. »Sarah, gib mir mal das Foto von der Videoüberwachungskamera, bitte.«

Sarah schnaufte zwar, griff aber nach dem Aktenordner, der vor Cristiano lag, holte das Foto heraus und legte es vor Carlos. Dann stand sie auf und verließ, ohne ein Wort zu sagen, das Büro.

»Verdammt noch mal«, sagte Cristiano. »So

19   Danke

kann das doch nicht mehr weitergehen zwischen euch beiden. Jetzt sag ihr doch endlich die Wahrheit. Heute Morgen, als ich sie abholte, dachte ich, ein Geist steht vor mir. Leichenblass im Gesicht, und unter den Augen war sie gerötet. Also, ich denke mal, sie hat die ganze Nacht geweint.«

»Heute Abend ist es vorbei. Das weißt du doch. Es bricht mir das Herz, sie so zu sehen. Wenn ich es ihr jetzt sage, dann lasse ich die Bombe platzen. Dann wäre alles, was in den letzten zwei Wochen passiert ist, null und nichtig.«

»Wie du meinst. Also dann wird es eben erst heute am Abend ein Heulkonzert geben. Bitte teile mich nicht mit ihr ein. Ansonsten verrate ich dein Geheimnis, weil sie mir so leidtut.«

»Nein, nein«, meinte Carlos. »Sarah bleibt hier. Draußen kann ich sie in diesem Zustand sowieso nicht gebrauchen. Ich werde ihr jemanden zur Seite stellen und sie mit Büroarbeit eindecken. Dann ist sie beschäftigt. Aber jetzt lass uns unsere Arbeit machen. Wir fahren zu dieser Adresse, der von ...« Carlos schaute nochmals auf den Computerbildschirm, bevor er auf die Druck-Taste drückte. »Jennifer

Huwer. Vielleicht ist Wagner auch dort. Dann nehmen wir gleich beide fest.«

***

Carlos und Cristiano fuhren am Einkaufszentrum Yumbo vorbei, nahmen im Kreisverkehr die zweite Ausfahrt und parkten vor der Apartmentanlage, in der Huwer wohnte.

»Diese Adresse ist nicht weit vom Tatort weg. Dort hinten wurde doch van den Berg gefunden.« Cristiano zeigte in Richtung des Einkaufszentrums. »Das sind doch maximal zwei Minuten Fußweg. Aber was hat diese Frau mit Wagner zu tun? Haben die etwa gemeinsam den Mord geplant?«

»Wir werden sehen.« Carlos klingelte am Haupteingangstor.

Ein großer, dunkelhaariger Mann kam aus dem Restaurant, das sich in der Anlage befand, heraus. Als er Carlos erkannte, lächelte er freundlich. »*Hola, mi niño*[20]. Wie geht es dir? Wir haben uns schon lange nicht mehr gesehen. Kommt ihr zu mir essen heute? Wieso seid ihr nicht vorne reingekommen?«

»*Hola,* Pablo. Ja, das ist wahr. Wir sind dienstlich hier. Wir wollen zum Apartment

20   Hallo, mein Junge.

168

vierzehn.«

»Dienstlich. Aha. Lass mich kurz überlegen«, sagte Pablo und legte seinen Zeigefinger auf den Mund. »Ja, da wohnt eine junge Frau aus Deutschland. Sie ist noch nicht lange hier. Lebt allein und sehr zurückgezogen. Manchmal kam ihre Schwester zu Besuch mit ihren beiden Kindern. Aber die habe ich auch schon lange nicht mehr gesehen.« Pablo sprach, während er die beiden zu dem Apartment brachte. Er blieb kurz nach der ersten Biegung stehen und deutete auf die Tür im Erdgeschoss eines weißen, kleinen Häuschens auf der rechten Seite. »Das ist es. Ich muss wieder in die Küche. Vielleicht kommt ihr ja später auf ein Spezialmenü vorbei? Du weißt doch, ich habe immer Platz für meine Freunde.«

»Ja, mal sehen. Zuerst die Arbeit, dann das Vergnügen«, sagte Carlos und lächelte ihn an, während Pablo wieder um die Ecke verschwand.

»Ihr kennt euch?«, fragte Cristiano verwundert.

»Ja, er ist ein Schleimer und ein kleiner Gauner, aber ansonsten ein netter Mensch. Und er weiß über Gott und die Welt Bescheid.«

Carlos öffnete das Gartentor und trat auf den

schmalen Fußweg. Vielleicht hätte er doch lieber Uniformierte mitnehmen sollen, schoss es ihm durch den Kopf. Wer wusste schon, vielleicht war Wagner bewaffnet. Aber aufgrund der vielen Touristen, die in dieser Anlage ihren Urlaub verbrachten, wollte er so wenig Aufsehen wie möglich erregen.

31

»Lasst uns überlegen«, sagte Aurelia. »Welchen PIN-Code würde sie für das Telefon wählen? Wir haben nur noch diesen einen Versuch. Das ist euch schon klar, oder? Wenn der nicht klappt, dann ist das Telefon gesperrt, und wir brauchen den PUK-Code.«

»Was weiß denn ich, was ihr Frauen da so nehmt?«, entgegnete Sven. »Ich habe immer ›eins zwei drei vier‹ als Code.«

»Wie originell«, sagte Jenny, und Sven streckte ihr die Zunge heraus.

»Wir haben keine Zeit für eure Neckereien. Los, nachdenken, Sven!«, sagte Aurelia.

»Was hast du für einen Code, Jenny?«, fragte Sven.

»Ich habe kein Handy, falls du es vergessen hast. Aber als ich noch eines hatte, habe ich wirklich mein Geburtsjahr genommen.«

»Es ist einen Versuch wert. Ansonsten … ja, ansonsten wird es eben ein Stückchen schwieriger, das Handy zu knacken.« Sven nahm das Telefon in seine Hand und tippte die vier Zahlen von Dörtes Geburtsjahr in das

Tastenfeld. Svens Hände zitterten, als sich auf dem Display ein Rädchen zu drehen begann. Gleich darauf erschien die Startseite mit den verschiedensten Apps. Sven grinste wie ein Honigkuchenpferd. »Wir sind drin.«

»Gut, jetzt sollten wir nachsehen, wo wir den Code eingeben könnten«, sagte Jenny. »Vielleicht ist auf dem Handy etwas drauf. Allerdings glaube ich das nicht. Denn woher hätte deine Ex-Freundin wissen sollen, dass du ihr Telefon in die Hände bekommst?«

Sven durchsuchte Dörtes Nachrichten, schaute sich die Fotos an, die sie vor Kurzem erst geschossen hatte. Er öffnete mehrere Apps, die er gleich darauf wieder schloss. Dann blickte er auf. Etwas ratlos fragte er die beiden: »Was könnte sie außerhalb gebunkert haben, für das ich einen Code benötige?«

»Es ist eher die Frage, wo, und nicht, was«, verbesserte ihn Jenny und machte eine eindeutige Handbewegung, dass er ihr das Handy geben solle. Sven reichte es ihr, und auch Jenny durchsuchte es, bis sie auf ein blaues Icon zeigte. »Das ist es. Eine virtuelle Speicherplattform im Internet. Die fünf Karos neben dem Code sind das Symbol für Dropbox. Dörte hat dir einen Hinweis gegeben.« Sie

172

drückte auf den Button, und es öffnete sich ein Fenster. Schockiert schaute sie das Display an und zeigte es Sven.

»Sie sind offline«, las er laut vor. »Klar! Dörte hat dort immer alles Mögliche abgespeichert. Das weiß ich noch. Und es müsste sogar noch einen USB-Stick geben. Denn sie hat immer alles doppelt gespeichert. Mist, wir brauchen Internet. Wo kriegen wir jetzt Internet her?«

»Es gibt in vielen Cafés und Bars freies WLAN. Wir müssen nur suchen«, sagte Jenny.

»Klar, gute Idee. Spazieren wir hier raus und setzen uns in ein Café, trinken gemütlich was, und wenn die Polizei dann kommt, oder noch schlimmer Nikolajs Männer, hatten wir zumindest ein paar schöne Stunden.« Aurelia verzog das Gesicht.

»Du Dummerchen«, sagte Jenny. »Ich gehe natürlich in das Café, und ihr beide versteckt euch in der Nähe. Sobald ich WLAN habe, schaue ich mir die Dropbox durch und speichere das aufs Handy ab. Dann können wir uns alles offline ansehen.«

Sie schnappten sich ihre Sachen und verließen das Apartment. *Hoffentlich ist dieser Albtraum bald vorbei.*

32

»Macht endlich, ihr faulen Säcke! Es soll eine Party werden und keine Beerdigung.« Nikolaj scheuchte die Angestellten vom Partyservice durch die Gegend. Alle schwirrten wie die Bienen um ihn herum. »Wo ist denn der Champagner?«, schrie er einen jungen Mann an, der durch sein Gebrüll zusammenzuckte und fast den Karton in seinen Händen fallen ließ.

»Hier drin«, sagte er mit zitternder Stimme und hob den Karton höher, um Nikolaj den Inhalt zu zeigen.

»Und warum ist der noch nicht kalt? Was seid ihr nur für lahmarschige Leute! Bei uns zu Hause in Russland hätte man euch alle an die Wand gestellt und erschossen.« Der junge Mann verschwand blitzartig unter Deck in die Kombüse. Nikolaj holte sein Baumwolltaschentuch aus der Hosentasche und wischte seine schweißnasse Stirn ab.

Ich darf mich nicht so aufregen. Ich sollte an mein Herz denken. Er legte seine Handfläche auf die linke Seite seines Oberkörpers. Schon seit Tagen hatte er dieses beklemmende Gefühl in seinem Brustkorb, das ihm zeitweise die Luft zum Atmen raubte. Er setzte sich auf die runde Sitzecke, die er extra edel ausstatten lassen hatte für seine noblen Gäste. Es durfte nur das feinste Leder sein, und die Verzierungen, die in das dunkle Holz eingearbeitet waren, glänzten in echtem Gold.

Bereits vor mehr als zehn Jahren hatte er sich diese Luxusjacht zugelegt. Durch den Erlös, den er beim Verkauf seines millionenschweren Betriebes für Laborbedarf in Russland erwirtschaftet hatte, hatte er sich das leisten können. Er empfand es als eine Belohnung für die ganzen Jahre, die er schwer hatte arbeiten müssen. Er stammte nicht aus wohlhabendem Haus. Und in Russland gehörte man entweder zur Arbeiterschicht ganz unten oder zur gehobenen Schicht ganz oben. Dazwischen gab es nichts. Doch er hatte es geschafft – vom Tellerwäscher zum Millionär.

Diese Leute vom Partyservice nerven, dachte er sich, als wieder einer an ihm vorbeihuschte und einen Karton in das untere Deck brachte. *Ja, meine Gäste brauchen viel Alkohol, um locker zu werden. Denn wenn der Alkoholpegel steigt, dann lockert sich auch die Geldbörse.*

33

Sven ging nervös auf und ab. Sekunden wurden zu Minuten, als er und Aurelia auf Jennys Rückkehr warteten. Als sie endlich um die Ecke gebogen kam, sagte sie bereits von Weitem: »Es hat funktioniert! Der entschlüsselte Code aus dem Kalender war wirklich das Passwort für die Dropbox.« Gleich darauf hielt sie Sven bereits das Handy hin und drückte auf die Playtaste.

Svens Hände ballten sich zu Fäusten, als Jenny ihm das Video von Dörte zeigte. Wut stieg in ihm auf. Unbändige Wut.

Dörte mit ihrem roten T-Shirt, das sie am Tag ihrer Ermordung angehabt hatte, war klar zu sehen. Im Hintergrund erkannte man einen Spiegel mit aufwendigen Verzierungen. Sie sprach sehr hektisch: »Sven, wenn du das siehst, bin ich schon tot. Ich habe einen schweren Fehler gemacht. Ich weiß, du hast mich nicht die Treppe hinuntergestoßen. Ich weiß auch, dass du den Mann, der neben mir lag, nicht getötet hast. Er war es. Es ist eine lange Geschichte, aber ich habe Beweise. Ich war beim Psychiater. Er hat mit mir Hypnosesitzungen durchgeführt, die alle auf Video aufgenommen wurden. Ich kann mich an alles erinnern, was damals passierte. Der Name des Arztes ist Dr. Fernandez in Las Palmas. Geh mit dieser Aufzeichnung zur Polizei. Versprich mir das. Ich liebe dich.«

Dann brach die Aufzeichnung ab.

Dieser verdammte Dreckskerl! Jetzt ist mir alles klar. Er wird dafür bezahlen, und wenn es das Letzte ist, was ich tue.

»Ich werde ihn töten.« Sven stapfte in Richtung Anlage zurück, aus der die drei kurz zuvor gekommen waren.

»Nein, du darfst ihn nicht töten«, sagte Jenny und hielt ihn am Unterarm fest. »Du hast nichts gemacht. Bisher hast du noch niemanden umgebracht. Dabei soll es bleiben. Wir müssen zur Polizei gehen.«

Sven schnaubte durch seine Nasenlöcher wie ein wild gewordener Stier. »Das glaubst du doch wohl selbst nicht, dass er seine gerechte Strafe bekommt, wenn ich zur Polizei gehe. Die nehmen mich doch gleich fest. Davon abgesehen wird er sofort flüchten, wenn da nur etwas von Polizei in der Luft liegt. Der springt auf seine Jacht, und weg ist er. Auf Nimmerwiedersehen.

Das kann ich doch nicht riskieren. Nein, nein. Ich werde ihn töten. Und dann werde ich ihm sein Herz aus der Brust reißen, so wie er es mit meinem gemacht hat.«

Jennys Augen füllten sich mit Tränen, und sie sprach mit brechender Stimme: »Dann bist du auch ein Mörder. Du bist dann um keinen Deut besser als er. Verstehst du das nicht? Wir müssen einen anderen Weg finden.«

Sie hielt ihn noch immer am Arm gepackt. Er starrte auf ihre Finger, die sich in seinem Fleisch festkrallten. Sie hatte recht. »Verdammte, verfickte Scheiße noch mal!«, schrie er und trat gegen die Betonmauer. Er starrte Jenny in ihre dunkelbraunen Augen, die so viel Hoffnung ausstrahlten. Er seufzte laut. »Gut, und wie sieht dieser andere Weg deiner Meinung nach aus?«

»Wir betäuben ihn und bringen ihn direkt zur Polizei.« Jenny strahlte über ihren Einfall.

Sven lachte laut. »Du weißt schon, dass der gute Mann sicher hundertfünfzig Kilo wiegt und von zwei Bodyguards bewacht wird. Glaubst du, ich kann ihn schultern und an den beiden unbemerkt vorbeischleusen?«

Jenny überlegte kurz. »Gestern habe ich

etwas mitbekommen. Heute soll wohl eine Party steigen auf einem Boot. Da hat er gestern schon rumgeschrien, dass er den feinsten Kaviar braucht und nicht diesen billigen Schrott, den der Lieferant gebracht hatte. Geht am Nachmittag los. Ich weiß aber nicht, wo seine Jacht ist und wann genau.«

»Das ist es!«, sagte Sven. »Ich werde etwas in seinen Champagner hineinmischen. Schlafmittel oder so. Und wenn er ausgeknockt ist, dann holen wir die Polizei. Somit kann er nicht flüchten.«

»Wo kriegen wir Schlafmittel her?«, fragte Jenny überrascht.

»Aus der Apotheke. Woher denn sonst? Du gehst und holst welche. Nimm die stärksten, die du kriegen kannst. Und ja keine pflanzlichen. Wir brauchen wirklich was Hartes, was ihn aus den Socken haut. Mach auf mitleidig, dann geben die dir schon das Richtige.«

»Okay«, erwiderte Jenny. »Ich kenne da jemanden, der in einer Apotheke arbeitet.«

Aurelia räusperte sich. Sie hatte, während die beiden miteinander diskutiert hatten, ruhig danebengestanden und das Gespräch aufmerksam verfolgt. »Ich werde in der

Zwischenzeit in das Apartment zurückgehen. Ich hole unsere Sachen, den Stick und den Kalender. Dann treffen wir uns wieder hier, okay?«

Sven nickte. Jenny gab ihr die Schlüssel in die Hand, und Aurelia rannte die Straße hoch.

34

Carlos klopfte an die versperrte Eingangstür, und Cristiano lugte durch die Fensterscheibe ins Innere. Er schüttelte den Kopf.

»Die Vögelchen sind wohl ausgeflogen, was?«, sagte Carlos. »Wo könnten die hin sein? Vor der Anlage stand ein Moped. Ich denke mal, wir sollten das Kennzeichen abgleichen ...«

Er stockte mitten im Satz, als eine junge Frau die Gartentür öffnete und gerade im Begriff war, auf das Apartment zuzulaufen, plötzlich stoppte und auf dem Absatz kehrtmachte. Sofort rannten er und Cristiano ihr hinterher. »¡Para! ¡Policía, Policía![21]«, rief Carlos, doch sie hatte bereits den zweiten Ausgang der Anlage erreicht und drückte auf die Summer-Taste, die die Tür mit einem lauten Brummen öffnete. Sie griff nach der Klinke und zog die Tür zu sich. In diesem Moment kam Cristiano angestürmt und hielt sie am Oberarm fest. Wenn die Tür nach außen aufgegangen wäre, dann hätten sie sich eine wilde Verfolgungsjagd durch Playa del

21   Halt, Stopp! Polizei!

Inglés liefern müssen.

Die junge Frau wehrte sich heftig und versuchte, ihm einen Tritt zu verpassen. Doch Cristiano drückte sie gegen die Mauer der Anlage. Ihr Kopf war zur Seite gerichtet, und ihre schwarzen, schulterlangen Haare fielen ihr ins Gesicht. Sie rang keuchend nach Luft.

»Wer sind Sie?«, fragte Carlos außer Atem.

Sie pustete eine Haarsträhne aus dem Gesicht und warf ihm einen giftigen Blick zu.

»Wer Sie sind, habe ich gefragt.«

35

»Wo bleibt sie denn bloß? Sie wollte doch gleich wieder hier sein. Es ist schon zehn Minuten her.« Sven schaute auf seine Armbanduhr. Der Sekundenzeiger bewegte sich unaufhörlich.

Jenny war bereits seit Minuten wieder von der Apotheke zurück und hatte ein starkes Schlafmittel namens Orfidal bekommen.

»Wir sollten nachsehen. Vielleicht ist ihr etwas passiert«, sagte Jenny und wandte sich bereits zum Gehen, doch Sven hielt sie zurück.

»Nikolajs Leute haben sie gefunden. Es gibt sonst keine andere Erklärung. Sie werden sie zur Disco bringen. Komm schon, wir müssen schnell dorthin, bevor es zu spät ist.« Sven zeigte auf eines der Taxis, die vor dem Einkaufszentrum auf zahlende Kundschaft warteten.

»Aber ... wir müssen doch ...«, murmelte Jenny mit weinerlicher Stimme.

Sven schüttelte den Kopf. »Komm, das ist die einzige Möglichkeit, die wir noch haben, um sie da lebend herauszubekommen.«

Sie rannten gemeinsam auf eines der Taxis zu

und stiegen ein.

***

»Wir müssen vorsichtig sein«, sagte Sven und bewegte sich im Schutz der mit dem Wellengang wippenden Boote. »Ich darf auf keinen Fall entdeckt werden. Und du gehst ganz normal ein paar Schritte vor mir und erzählst mir, was du siehst. Am besten, du hältst das Handy ans Ohr. Dann glaubt jeder, du telefonierst.«

Jenny kramte Dörtes Handy aus ihrer Hosentasche. »Also, ich sehe die große Jacht, darauf sind Männer in dunklen Anzügen und weißen Hemden, die hin und her eilen.«

»Das wird der Partyservice sein.«

Jenny nickte. »Vermutlich ja. Jetzt fährt ein Wagen vor. Ein Mann steigt aus. Ebenfalls im Anzug, aber ein dunkles Hemd. Er holt eine Frau aus dem Auto heraus. Sie ist fast nackt. Er legt sie sich über die Schulter. Sie wehrt sich nicht. Sie hat schwarze Haare.« Jenny schaute zu Sven. Ihr Mund war offen, und sie ließ ihren Arm sinken. »Ist das …?«

»Heb deine Hand wieder hoch. Los, Handy ans Ohr! Und hör auf, dort so hinzustarren. Ja, sie ist es. Ich habe dir ja gesagt, dass sie Aurelia hierherbringen werden. Wir müssen handeln.

184

Schnell. Wie komme ich bloß auf dieses verfickte Boot?«

»Wir müssen da rüber«, sagte Jenny und zeigte auf das Dragon. »Das ist die einzige Chance, die wir haben.«

Sie rannten los und schlichen sich an der Mauer entlang. Die Tür stand sperrangelweit offen, und weit und breit war kein Türsteher zu sehen.

»Du bleibst hier, ja?«, sagte Sven. »Und du rührst dich nicht vom Fleck! Ist das klar? Versprich es mir.«

Jenny nickte. »Pass auf dich auf, ja?«

Er schenkte ihr ein letztes Lächeln, bevor er sich in den Innenraum der Disco schlich. Er schaute sich nach allen Seiten um. Keiner zu sehen. Er wusste, wo die Kühlräume waren, somit schritt er an der Theke vorbei und öffnete die Tür, die in den langen Gang führte. Alles ruhig. Auch hier war niemand. Schnellen Schrittes lief er den Gang entlang, bog links ab.

Hinter der Ecke kam ihm einer der Leute vom Partyservice mit einem Karton entgegen. Sven nickte freundlich, als er an ihm vorbeiging. Im Augenwinkel sah er den Feuerlöscher, und er reagierte blitzartig. Er zog diesen aus der

Verankerung in der Wand und schlug ihn dem Mann über den Kopf. Der Mann sackte zusammen, und Sven gelang es im letzten Moment, den Karton aufzufangen. Er stellte ihn schnell zur Seite und schleifte den bewusstlosen Mann über den Boden. Neben den Kühlräumen befand sich die Abstellkammer. Dort schleppte er ihn hinein und zog ihn aus. Dann streifte er seine Kleidung ab und zog sich die Sachen des Mannes an. *Na ja, vielleicht ist die Hose ein wenig zu groß, aber das wird schon passen.* Er setzte sich die Mütze mit dem Logo des Partyservices auf und zog sie sich tief ins Gesicht. Einen letzten Blick auf den regungslosen Mann gerichtet, mit einem Stoßgebet gen Himmel, dass er einerseits lange genug bewusstlos blieb, sodass er seinen Plan zu Ende führen konnte, und dass er ihn andererseits nicht getötet hatte. Dann schloss er die Tür von außen und schritt den Gang entlang.

36

Carlos und Cristiano durchsuchten das Apartment seit geraumer Zeit. Es war mit Sicherheit bereits mehr als eine Stunde vergangen. Außer einem Kalender, der offen auf dem Tisch lag, und einem USB-Stick aus der Küchenschublade konnten die beiden in diesem Chaos nichts Verdächtiges finden. Überall lagen Bücher und Kleider verstreut. Auch zwei Pizzakartons standen auf der Arbeitsplatte. Cristiano hatte die Frau, die sie festgenommen hatten, mit Handschellen gefesselt. Somit gab es für sie kein Entkommen mehr, und die angeforderte Verstärkung sowie die Spurensicherung würden jeden Moment eintreffen. Die Frau hatte, trotz dass Carlos sie mehrmals dazu aufforderte, kein Wort gesprochen. Nicht einmal ihren Namen sagte sie. Cristiano hatte sie kurz nach Waffen abgetastet, alles Weitere würde die Kollegin machen, die sie abholen würde. Ganz ruhig saß sie auf der Seitenlehne des Sofas und beobachtete die beiden argwöhnisch.

Vielleicht versteht sie unsere Sprache nicht? Aber ich habe es bereits in Spanisch, Katalan, Deutsch und Englisch probiert. Carlos schaute zu ihr hinüber, und sie blitzte gefährlich mit den Augen.

»Carlos?«, rief Cristiano. »Sieh mal. Das könnte die Tatwaffe sein, mit der die Tote vom Yumbo ermordet wurde.« Cristiano hielt das Springmesser hoch, das er im Wohnzimmerschrank gefunden hatte.

Carlos kam näher und ergriff mit seinen Einweghandschuhen das Messer am Schaft. Er drückte auf den Knopf, der die Klinge herausschnellen ließ. Die Schneide war blitzsauber, aber er wusste aus Erfahrung, dass dies nichts zu sagen hatte. Carlos schaute durch die offene Tür und sah bereits seine Kollegen durch das Tor kommen.

***

»Ich glaube, wir sind hier fertig.« Carlos drehte sich zu Cristiano um, der zustimmend nickte. »Hast du die Kollegin gesehen, die die Frau gründlich untersuchen soll?«

Cristiano schaute sich suchend um. Die festgenommene Frau saß noch immer an der gleichen Stelle.

Carlos sah auf sein Handy und suchte den Anruf bei der Zentrale heraus. Angefordert hatte er sie vor mehr als zwei Stunden. Er drehte sich zu einem uniformierten Kollegen um und fragte: »Weißt du vielleicht, wann die Kollegin hier eintrifft? Wir sollten nämlich los.«

Der Polizist zuckte nur mit den Schultern.

»Gut, dann nehmen wir sie mit«, sagte Carlos zu Cristiano, »fahren sie ins Präsidium und dann schnell nach Arguineguin. Ich muss heute um sieben zu Hause sein. Und du auch.«

Cristiano seufzte, schritt zu der Frau und half ihr beim Aufstehen.

Carlos' Handy klingelte. Er nahm das Gespräch entgegen. »*Digame.*[22]« Er schwieg kurz und fragte nach: »Ein Boot ist explodiert? Aha. Ja, alles klar. Wir wollten gerade zum Hafen von Arguineguin fahren. Ich schau mir das an und werde die hysterische Frau befragen. Okay, passt. Alle verfügbaren Einsatzkräfte sind schon unterwegs.«

»Sie müssen dorthin, schnell!«, sagte die junge Frau plötzlich und zog Cristiano bereits mit sich ins Freie.

»Was wissen Sie, was ich noch nicht weiß?«, fragte Carlos. »Wieso haben Sie auf einmal doch Ihre Stimme wiedergefunden? Erzählen Sie schon!«

Die junge Frau zerrte an ihren Handschellen und versuchte, Cristiano mit sich zu ziehen. Was ihr allerdings nicht mehr gelang, da Cristiano dastand wie ein Stein und sie festhielt.

»Ich erzähle Ihnen alles im Auto«, sagte sie.

22   Sprechen Sie

»Alles, was Sie wissen wollen. Aber wir müssen jetzt zum Hafen nach Arguineguin. Der Plan ist schiefgelaufen. Es ist anscheinend etwas Furchtbares passiert.«

Carlos überlegte gerade einmal eine Sekunde, dann setzte er zum Laufschritt an und rannte gefolgt von Cristiano und der jungen Frau zum Auto.

»Schnell, schnell!«, sagte sie und trippelte vor dem Auto von einem Fuß auf den anderen. Als Cristiano die hintere Tür aufmachte, war sie bereits im Wagen verschwunden und saß auf der Rückbank, bevor Cristiano ihr überhaupt beim Einsteigen helfen konnte. »Jetzt macht schon, bitte. Einsteigen, losfahren. Es geht um Leben und Tod!«

Carlos erstaunte der Befehlston, den sie an den Tag legte. Es musste wirklich wichtig sein. Ansonsten wäre sie wohl kaum freiwillig in dieser Geschwindigkeit auf die hintere Sitzreihe geschlüpft.

Beide Männer stiegen ins Auto ein. Cristiano nahm neben der Frau Platz. Carlos schaltete die Sirene und das Blaulicht ein und fuhr los. Er blickte kurz in den Rückspiegel. Die Frau zitterte am ganzen Körper und rutschte ungeduldig auf ihrem Sitz hin und her.

»Wie heißen Sie?«

»Aurelia.«

190

37

Nikolaj winkte seinen Bodyguard zu sich, der einige Meter von ihm entfernt stand. Die ersten Gäste waren bereits eingetroffen, nur die Hure tanzte noch nicht. Der Bodyguard beugte sich zu ihm herunter, und Nikolaj flüsterte ihm ins Ohr: »Warum tanzt diese Schlampe noch nicht? Was soll das? Zwei Gäste fehlen noch, dann legen wir ab.« Der Mann nickte und verschwand aus seinem Sichtfeld.

Eine silberne Limousine fuhr vor, und kurz darauf sah er eine Frau in einem eleganten Abendkleid, gefolgt von einem älteren Herrn im noblen Anzug, den Steg hinaufgehen.

Er trat sofort auf die beiden zu und begrüßte die Frau mit einem Handkuss, ohne ihren Handrücken mit seinen Lippen zu berühren. »Es ist mir eine Freude, Sie wieder auf meinem kleinen Boot begrüßen zu dürfen, *Doña*[23] Miriam.«

»Die Freude ist ganz meinerseits«, entgegnete die Frau. »Hoffentlich endet das heute nicht wieder in so einer Tragödie wie vor ein paar

23   Frau

Tagen, auf der Geburtstagsfeier von diesem schrecklichen Menschen. Schließlich sind wir hier, um zu bieten.« Empört schaute sie ihn an.

Nikolaj schüttelte den Kopf. »Nein, *Doña* Miriam. Dafür trage ich heute höchstpersönlich Sorge. Ich verspreche es Ihnen.«

»Ist dieser Wüstling heute auch wieder anwesend?«

»Nein, natürlich nicht. Heute ist nur eine von mir persönlich ausgewählte Gesellschaft hier. Sie werden sich wohlfühlen.«

»Das will ich doch hoffen«, sagte *Doña* Miriam und griff nach dem Champagnerglas, das ihr von einem der Angestellten auf einem goldenen Tablett serviert wurde.

Ihr Ehemann und Nikolaj begrüßten sich lediglich mit einem Nicken. Unter Männern war das schließlich so üblich, und davon abgesehen wusste Nikolaj, dass die Frauen meist die waren, die sich ständig selbst überboten. Nikolaj schnappte sich ebenfalls ein Glas Champagner und begab sich auf das kleine Sonnendeck zu seinen Gästen.

Der Motor des Bootes wurde angelassen, der Steg eingezogen, und langsam fuhren sie aus der Parkposition.

»Ihr Lieben. Nehmt Platz. Fühlt euch wie zu

Hause.« Während Nikolaj sprach, zeigte er mit der ausgestreckten Hand auf die großzügig angelegte Sitzfläche hinter ihm. »Wir werden, sobald wir unsere erste Ankerstelle erreicht haben, das Essen servieren.« Nikolaj hob sein Glas und prostete allen sieben Gästen zu.

»Prost, auf ein gelungenes Fest und besondere Geschenke«, sagte *Doña* Miriam.

Nikolaj setzte zum Trinken an, ließ aber den Champagner nicht in seinen Mundraum, sondern beobachtete seine Gäste, die wie Gierschlunde den Inhalt ihrer Gläser hinunterschütteten, als wäre es Wasser. Ihm war heute nicht wohl, und er wollte auf keinen Fall, dass dieses Fest durch seinen Gesundheitszustand gefährdet wurde. Es hatte ihn einiges gekostet, seine mühsam aufgebaute Klientel davon zu überzeugen, heute nochmals zur Party zu kommen.

Ja, vor drei Tagen lief es aus dem Ruder. Ich weiß auch nicht, was mich dazu getrieben hat, das so zuzulassen. Das war ein finanzieller Verlust für mich.

Ich erinnere mich, als Doña Miriam am lautesten johlte und sich wie ein wildes Tier aufführte, als sie das zweite Spiel gewann und endlich zum Zug kam.

38

Sven ging den Steg zur Jacht hinauf, und sein Herzschlag verdoppelte sich, als er Nikolaj auf der großen dunklen Bank sitzen sah. Diese war wie ein Halbkreis geformt, und das Gegenstück stand gespiegelt gegenüber. In der Mitte war ein großer runder Tisch, auf dem Snacks bereitstanden. Dazwischen, etwas erhöht auf einem kleinen Plateau, ragte eine schwarze Stange in die Höhe. Nikolaj starrte in seine Richtung. Sven sah ihn nur aus dem Augenwinkel, denn er wagte es nicht, ihm sein Gesicht zuzuwenden. Schweißperlen standen ihm auf der Stirn, aber trotz der Hitze fühlte er in sich eine eisige Kälte. Er schritt Richtung Treppe, die in die untere Ebene führte. Dorthin, wo vor ihm gerade der andere Mann verschwunden war. Sven war geschockt, und er glaubte sogar, dass sein Herz für einen Moment zu schlagen aufhörte, als Nikolaj sich erhob und auf ihn zukam.

Doch Sekunden später hörte er bereits die Stimme einer Frau: »*Hola,* Nikolaj. Schön, dass wir heute wieder dabei sein können.«

Sven atmete erleichtert aus. Sein Plan dürfte aufgegangen sein. Nikolaj hatte ihn nicht erkannt. Er verschwand im Innenraum der Jacht und sah die Champagnergläser für die Gäste bereitstehen.

Das ist meine Chance. Jetzt oder nie.

Er stellte den Karton ab und schaute sich um. Niemand war zu sehen. Er hörte ein Klirren, gefolgt von einem Fluchen, aus einem der Nebenräume. Vermutlich war eine Flasche heruntergefallen. Er nahm die Packung Orfidal, entschied sich für jeweils zwei Tabletten pro Glas. Sicher war sicher. Es sprudelte wie wild, er rührte mit einem Tafelmesser, das bereits für das Büfett hergerichtet war, um, und die Tabletten zersetzten sich schnell, sodass man Sekunden später nichts mehr davon erkennen konnte.

Gerade als er die Blisterpackung wieder in seine Jackentasche steckte, hörte er eine leise Glocke. Einem Gong gleich. Wie von Geisterhand sprang ein Mann aus dem Nebenzimmer und schnappte sich das Tablett mit den Gläsern. Er schaute Sven zwar etwas ungläubig an, sagte aber nichts und verschwand die Stufen hinauf.

Sven brauchte eine Versteckmöglichkeit und musste Aurelia finden. Aber zuerst verstecken. Das war wichtiger. Schließlich durfte er die nächsten dreißig Minuten nicht entdeckt werden, sonst würde der Plan nicht aufgehen. Zumindest stand diese Zeitangabe auf dem Beipackzettel, den er auf der Taxifahrt zum Hafen gelesen hatte. Er drang weiter in das Innere der Jacht vor. Vorbei an dem Raum, aus dem der fluchende Mann herausgestürmt war.

Da fiel es ihm wie Schuppen von den Augen. *Verfickte Scheiße! Wieso habe ich nicht daran gedacht?*

Sein Blick fiel auf das leere Trinkglas, das neben einer geöffneten Orangensaftpackung stand. Geschockt von seiner neuesten Erkenntnis, nicht alles so perfekt geplant zu haben, wie er gedacht hatte, holte er erneut die Schlaftabletten heraus und gab vier Stück in die Packung. Dann stöpselte er diese zu und schüttelte kräftig. Er stellte sie wieder hin, nahm den Deckel ab und verschwand durch die nächste Tür.

***

Ein Blick auf die Uhr verriet ihm, dass eine halbe Stunde vorbei war und die Wirkung allmählich einsetzen musste. Seine Hoffnung war groß, dass der Plan mit dem Orangensaft funktionierte und dieser für alle Angestellten auf dem Boot war. Und wenn nicht, dann ... dann musste ein Plan B her, der bis jetzt noch nicht in seinem Geist existierte. Aber ihm würde schon irgendetwas einfallen. Langsam kam er aus dem Schrank, in dem er sich versteckt hatte, hervor. Nur mit Mühe und Not hatte er darin Platz gefunden. Auf einem Schiff war eben alles kleiner und platzsparend gehalten. Er merkte, dass der Bootsmotor ausgeschaltet wurde, und erschrak, als er ein lautes Poltern unter sich hörte. Klar, der Anker wurde ausgeworfen. Das Boot schaukelte leicht im Wellengang. Er öffnete die Tür und schaute durch den Schlitz hinaus in den kleinen Flur. Keiner zu sehen. Er trat aus dem Zimmer heraus und hörte bereits die ersten Schnarchgeräusche aus der Küche kommen.

Der Mann vom Partyservice schlief tief und fest. Zufrieden schaute Sven ihn an und machte sich auf den Weg zur Treppe. Er betrat die ersten Stufen und spähte vorsichtig um die Ecke. Dort sah er bereits die ersten Partygäste auf der Bank – sie alle schliefen. Er atmete tief durch.

Da hörte er einen schrillen Schrei ganz in der Nähe. *Aurelia!*

Er stürmte die nächsten Stufen hoch und sah den großen, breitschultrigen Mann. Dieser hatte die schwarzhaarige Frau, die Sven den Rücken zukehrte, mit einer Hand an der Gurgel gepackt, und sie schwebte mit ihren Füßen einige Zentimeter über dem Boden.

Er wollte gerade auf den Bodyguard zustürmen und Aurelia aus seinen Händen befreien, da sah er, wie Nikolaj auf den Bodyguard zuging, und dieser die Frau achtlos fallen ließ.

Himmel, Arsch und Zwirn. Wieso schläft dieses Arschloch nicht? Was mache ich denn jetzt? Wie zum Teufel komme ich von hier wieder weg? Und wie in Gottes Namen kann ich Aurelia retten?

Er versuchte, die Entfernung zur Reling abzuschätzen. Das waren gute fünf Meter. Okay, wenn er jetzt loslief, Aurelia am Arm packte und sie über die Reling warf, um hinterherzuhechten und davonzuschwimmen, könnte das klappen. Rein theoretisch. Praktisch gesehen war es fast unmöglich, an dem Bodyguard ungesehen vorbeizukommen und von ihm keine Gegenwehr zu erwarten. Sven müsste die letzten Schritte zur Reling in Überschallgeschwindigkeit zurücklegen, ansonsten würde sich der Bodyguard ihm in den Weg stellen. Verdammt, dieser Plan war doch zum Scheitern verurteilt. Aber die einzige Möglichkeit! Er musste es versuchen. Vielleicht konnte er zumindest sie retten, wenn er auch sein Leben verlieren würde.

Er atmete tief durch. Leise schlich er die restlichen Stufen nach oben. In geduckter Haltung kauerte er im Schutz der Säule. Der Bodyguard stand ungefähr einen Meter von Aurelia entfernt. Auf drei. Eins ... zwei ... drei.

Er rannte los, als hätte ihn der Blitz getroffen, schnappte sich die Hand der Frau und zog sie mit sich mit. Der Bodyguard blieb dort stehen, wo er war. Allerdings drehte er sich leicht zur Seite, zog seine Waffe und richtete sie auf Sven, als dieser die Frau nach oben hievte.

»Na, sieh mal einer an, wer da ist.« Nikolaj saß auf der Bank und schaute ihm direkt in die Augen. Dann zog sich ein Grinsen über sein Gesicht, das gleich darauf in einem schallenden Gelächter endete.

Sven stand mit dem Rücken an der Reling.

Noch bevor Nikolaj den Befehl zum Schießen geben konnte, drehte sich Sven in null Komma nichts um und stürzte sich mit der Frau in seinen Armen über Bord. Die Schüsse krachten in seinen Ohren, doch sie verfehlten ihn. Manche so knapp, dass er die Kugel an sich vorbeizischen hörte. Er tauchte ab in die Tiefe und überlegte noch, in welche Richtung er schwimmen sollte, wenn er wieder auftauchte, als er den Druck spürte, der auf seinen Körper ausgeübt wurde. Kurz bevor der Knall durch das Wasser donnerte.

39

»Lasst mich aussteigen!«, schrie Aurelia, als Carlos durch das große Rolltor am Hafen fuhr. Der Rettungswagen stand bereits mit Blaulicht vor dem Hafengebäude. Zwei Einsatzwagen der Polizei aus Arguineguin waren vor Ort. Bereits von der Autobahn hatte man das brennende Boot gesehen. Dicke schwarze Rauchschwaden zogen über das offene Meer. Das Feuerwehrboot befand sich schon auf dem Weg dorthin und war gerade auf Höhe der Zementfabrik. Mehrere kleine Boote tummelten sich in der Nähe der Unglücksstelle. *Vermutlich Fischer,* dachte Carlos.

Die ganzen zwanzig Minuten, die die Fahrt von Playa del Inglés bis hierher gedauert hatte, hatte Aurelia unglaubliche Storys erzählt. Von ihrer verschwundenen Freundin Malia. Von dem USB-Stick, der in der Wohnung von Jennifer Huwer gefunden wurde, mit einem Video-Ausschnitt darauf, den Aurelia vor ihrer Flucht aus Ivans Wohnung gesehen hatte. Von Ivans Tod. Von dem Video, das die Holländerin aufgenommen hatte, um Wagner zu entlasten. Der Plan, den die drei geschmiedet hatten und der durch die Explosion gründlich gescheitert war. Carlos konnte sich auf das alles noch keinen Reim machen. Sie sprach hektisch und vollführte Gedankensprünge, die Carlos so nicht nachvollziehen konnte.

Ständig wiederholte sie die Frage: »Warum ist das Boot in die Luft geflogen?«

Natürlich konnte ihr das Carlos nicht beantworten. Er wusste selbst noch nicht, was los war, und musste sich erst einen Überblick verschaffen.

Ungeduldig rutschte sie auf der Rückbank hin und her. »Lasst mich sofort aussteigen!«, brüllte sie erneut.

Carlos seufzte. Er blieb stehen, stellte den Motor ab und stieg aus. Sofort sprang eine schlanke Frau mit langen braunen Haaren aus dem Rettungswagen. Carlos musste nicht lange überlegen. Das musste Jennifer Huwer sein. Atemlos kam sie bei ihm an und drückte sich sofort an die Fensterscheibe des Autos. »Aurelia. Aber … aber das kann doch nicht sein. Sie war doch auf dem Boot.« Ihr Blick wanderte zu Carlos, der direkt neben ihr stand.

»Ich bin Inspektor Carlos Muñoz Díaz. Und ich nehme an, Sie sind Jennifer Huwer.«

Jenny nickte und starrte wieder auf Aurelia. Cristiano war ebenso aus dem Auto ausgestiegen, öffnete Aurelias Tür und half ihr aus dem Wagen. Jenny schloss Aurelia augenblicklich in die Arme. Dann fing sie bitterlich zu weinen an. »Er ist tot. Zuerst die Schüsse, dann der Knall und das Feuer. Er ist tot, und ich dachte, du auch.«

»Warum sollte ich denn tot sein?«, fragte Aurelia. »Wie kommst du denn darauf?«

»Nachdem du nicht zurückkamst, dachten wir, Vladimir hat dich geschnappt und zu Nikolaj gebracht. Sven und ich haben gesehen, dass eine Frau, die so aussah wie du, auf das Boot gebracht wurde. Wir dachten, das wärst du!« Jennys ganzer Körper zitterte, wie ihre Stimme auch, und die Tränen flossen wie Sturzbäche ihre Wangen hinab.

»So, meine Damen«, sagte Carlos. »Wir klären später auf dem Revier die Einzelheiten. Nun ist für uns erst mal wichtig zu wissen, wo Sven Wagner und Nikolaj Popow sind.«

»Wo sollen sie denn sein?«, schrie Jenny. »Tot sind sie! Explodiert! Nur noch ein Haufen Fischfutter.«

Einer der Sanitäter eilte auf sie zu und zog sie behutsam zurück in den Rettungswagen. Aurelia sowie Cristiano folgten ihr.

40

Ach du grüne Scheiße, fuhr es Sven durch den Kopf, als er die Wucht spürte, die seinen Körper und den der jungen Frau durchs Wasser wirbelte. Nur mit Mühe konnte er sie festhalten. *Was ist bloß passiert? Ich muss dringend Luft holen, sonst war alles umsonst. Auftauchen!*

Er nahm all seine Kraft zusammen und ruderte nach oben. Als er endlich seinen Kopf neben der Jacht aus dem Wasser streckte und gierig die Luft einsog, sah er sich um. Die Jacht brannte lichterloh, oder zumindest das, was davon noch übrig war. Anscheinend hatte es eine Explosion gegeben. Die Hitze, die sich auf seinem Gesicht ausbreitete, ließ sämtliche Alarmglocken in seinem Kopf gleichzeitig schrillen. Panisch zog er die Frau an die Oberfläche. Allerdings war das Schwerstarbeit. Sie bewegte sich nicht. *Wir müssen hier weg!* Die Sonne brannte auf seine salzige Haut, doch plötzlich verfinsterte sich der Himmel über ihm. Ein gefährliches Knacken ertönte. Er sah nach oben und erschrak. *Shit, Fuck! Jetzt ist es vorbei.*

Ein Teil des Bootes stürzte genau auf ihn zu. Es waren vielleicht noch zwei Meter, die sie voneinander trennten. Sven ließ die Hand der Frau los und tauchte unter. Weit kam er nicht. Die Druckwelle brachte seinen Mund dazu, sich zu öffnen, und kostbare Luftblasen entwichen. In seinen Ohren rauschte es. Er drehte sich wieder zur Wasseroberfläche und tauchte auf. Zuerst musterte er die Jacht, auf der das Feuer weiterhin loderte. Er sah die Frau, die an der Wasseroberfläche trieb. Die herabfallenden Trümmer hatten sie nur um Haaresbreite verfehlt. Er schwamm zu ihr. *Das ist nicht Aurelia,* dachte er, als er sie ansah. Einerseits war er erleichtert, andererseits befand er sich in einer ausweglosen Situation. Denn zum Schwimmen war es zu weit zum Ufer, besonders mit der Frau im Schlepptau.

Weit und breit war nichts zu sehen. Kein Boot in der Nähe, kein rettendes Ufer, kein gar nichts. Nur er und die Frau und die brennende Jacht.

Ich hoffe nur, dass bald ein Boot kommt und uns rettet.

Seine Hände waren schwer von dem kalten Wasser, und langsam ging ihm die Puste aus. Schlagartig durchfuhr ihn ein Schmerz. Es war fast so, als würde sein Bein von einem scharfen Messer aufgeschlitzt werden. Sekunden später konnte er sich nicht mehr über Wasser halten.

41

»So, *Señor* Michailow«, sagte Carlos im Verhörraum auf dem Revier in Playa del Inglés. »Oder soll ich Sie lieber Vladimir nennen? Jetzt mal die ganze Wahrheit, und nicht wieder die Hälfte auslassen, ja?«

Die Kollegen hatten Vladimir mit ein paar jungen Frauen in den hinteren Räumen des Dragon aufgegriffen. Das war das Bordell, von dem auch Aurelia berichtet hatte. Vladimir hatte sich bei seiner Festnahme gewehrt und einen Beamten niedergeschlagen, sodass dieser ins Krankenhaus eingeliefert werden musste. Es brauchte fünf weitere Beamte, um ihn auf den Boden zu bringen und in Gewahrsam zu nehmen. Nun saß der fast zwei Meter große Mann mit Handschellen am Tisch fixiert wie ein Häufchen Elend vor Carlos.

»Ich habe nichts gemacht. Wirklich nicht«, stammelte er vor sich hin.

»Ihnen wird mehrfacher Mord vorgeworfen. Das ist Ihnen schon klar, oder?« Carlos legte ihm das Foto von Dörte auf den Tisch und deutete mit dem Zeigefinger darauf. »Was ist mit ihr?

Wieso haben Sie sie umgebracht?«

»Ich war das nicht. Wie oft denn noch?« Vladimir schaute ihm direkt in die Augen. »Wie oft soll ich Ihnen noch sagen, dass es Ivan war, der sie umgebracht hat?«

»Gut, also es war Ivan. Nehmen wir mal an, ich glaube Ihnen das. Wer hat dann ihn umgebracht? Auch nicht Sie, oder wie?« Carlos tippte auf das Foto von Ivan, das direkt neben Dörtes auf dem Vernehmungstisch lag.

»Mein Chef hat ihn erstochen, als er dahinterkam, dass Ivan seine Freundin umgebracht hat.«

»Okay, gut. Also, ich fasse zusammen: Dörte wurde von Ivan umgebracht und Ivan von Ihrem Chef. Und wer hat die dunkelhäutige Frau umgebracht?«

»Das weiß ich doch nicht. Das muss auf der Party passiert sein.«

Es klopfte an der Tür. Cristiano trat ein und winkte Carlos zu sich. Der Uniformierte, der in der Ecke gestanden hatte, trat näher an Vladimir heran. Dieser ließ seinen Kopf hängen.

»Du glaubst nicht, was ich gerade gesehen habe«, sagte Cristiano. »So etwas Widerliches. Nein, widerlich ist zu milde ausgedrückt. Ich finde jetzt keine Worte dafür. Der Fall vor fünf

Jahren. Das mit den Entführungen der Männer und schwangeren Frauen. Ich dachte bisher immer, das wäre der Gipfel der Grausamkeiten, aber das ...«

Carlos sagte nichts, sondern folgte Cristiano zu dem Computer in der Spezialabteilung.

»So, ich zeige dir mal was«, sagte Cristiano und spielte das erste Video von dem USB-Stick ab, den sie in der Wohnung von Jenny Huwer gefunden hatten. Auf der linken Seite sah Carlos das Datum. Dort stand ›7.5. 18:56‹. Das war vor drei Tagen gewesen. In dem Video sah man Malia Okeke, die Tote, die vor zwei Tagen von dem Fischer gefunden wurde. Sie tanzte aufreizend an einer Stange. Während das Video lief, erzählte Cristiano: »Also, hier geht es darum, dass die Leute, die zu dieser Party«, das letzte Wort untermalte er mit Gänsefüßchen, die er mit seinen Fingern symbolisch in die Luft zeichnete, »eingeladen waren, Spiele spielten. Und zwar keine guten. Ich habe mir da schon ein paar weitere Videos älteren Datums angesehen. Aber das erzähle ich dir gleich. Gut, soweit ich das bis jetzt gesehen habe, wurden die Frauen an den Meistbietenden verkauft. Und zwar lief das so ab: Jedes Mal, wenn das Boot stoppte, gab es eine Versteigerung, und derjenige, der gewann, durfte zwanzig Minuten lang, während die anderen aßen und tranken, mit dem Mädchen machen, was er wollte. Derjenige, der mehrmals an diesem Abend gewann, durfte als Erstes ein Angebot abgeben, um sie mit nach Hause zu nehmen.«

Ein schriller Schrei drang aus den Lautsprechern des Computers, und Carlos sah Malia, die immer und immer wieder aus dem Wasser auftauchte. Ihre Füße waren an ein Seil gebunden, das sich mittels einer Vorrichtung hoch und runter bewegte. Auf ihrem Körper sah man bereits einige der kreisrunden roten Abdrücke. Die Kamera schwenkte zu den Gästen.

Cristiano zeigte auf ein schwarzes Gerät, das wie eine Schusswaffe aussah und das direkt neben der Vorrichtung lag. »Siehst du das? Das ist der Elektroschocker, mit dem sie mehrfach misshandelt wurde. Aber das sollen sich die Spezialisten genauer ansehen. Die sind da schließlich Profis auf diesem Gebiet. Ich habe die Abstände zwischen dem Eintauchen und dem Auftauchen gestoppt. Jedes Mal wurden sie fünfzehn Sekunden länger.«

Die Kamera schwenkte auf eine Frau, die im schicken Abendkleid, mit Pailletten bestickt, und einem Sektglas in der Hand an der Reling stand und schrie: »Oh ja, diese Schlampe will ich haben. Die ist perfekt für unsere Spiele. Noch nicht raufholen. Gib ihr noch fünf Sekunden. Ich zahle auch einen Tausender extra für jede Sekunde.« Cristiano drückte auf die Pause-Taste. Das Video stoppte und zeigte die hässliche Fratze der betuchten Hexe.

»Oh Mann«, sagte Carlos.

»Das ist noch nicht alles. Ich habe mir auch ein paar ältere Videos angesehen. Eher nach Zufallsprinzip. Bei einem ist mir ein alter Bekannter untergekommen. Eigentlich zwei, um ganz genau zu sein.«

»Bekannter? Wen meinst du?«

»Bei dem einen Video, das datiert ist auf September vor zwei Jahren, traf ich auf … warte.« Cristiano holte den Ausdruck des Standbildes von dem Stapel, der neben dem Computer lag, und zeigte ihn Carlos.

»Ich fasse es nicht. Das ist der Restaurantbesitzer von *La Casa del Mar*. Dieses verdammte Schwein!«

»Und sieh mal, was er für eine Mütze trägt.«

Carlos betrachtete das Logo der Kappe, das in der Mitte prangte. »Der Partyservice hier um die Ecke. Das kann nicht wahr sein. Er war so dicht neben uns, und wir haben es nicht bemerkt. Wir müssen sofort ...«

»Habe ich doch schon längst«, unterbrach ihn Cristiano. »Er ist bereits in Gewahrsam und wird uns überstellt.«

»Und wen hast du noch auf deinem Video?«

Cristiano förderte das nächste Foto zutage.

»Ah, okay. Alles klar. Der Lieferant höchstpersönlich. Bin ich froh, dass der bereits hinter Schloss und Riegel ist. Nicht nur geliefert hat er es, sondern auch noch selbst gegessen.« Bei dem Gedanken stellten sich Carlos' Nackenhaare auf, und er bekam eine Gänsehaut.

»Was hast du aus dem Türsteher herausbekommen?«

»Ach, der will mir da eine Geschichte erzählen«, sagte Carlos. »Ist anscheinend heute Märchenstunde.«

»Hast du schon auf die Uhr gesehen?«, fragte Cristiano und deutete auf die riesige Wanduhr. 19:37 Uhr.

Carlos zog sein Handy aus der Hosentasche. ›3 verpasste Anrufe von Elenore.‹

»*Madre mía*[24]. Ich komme zu spät.«

---

24   Um Himmels willen

42

Sarah war heute früher von der Arbeit gegangen. Sie hatte sich entschuldigt, dass es ihr nicht gut gehe. Ziellos wanderte sie durch die Gassen.

Was soll nur aus uns werden? Was ist überhaupt aus uns geworden? Den Himmel wollte er mir zu Füßen legen. Jeden Stern wollte er mir schenken. Ist das nun wirklich vorbei?

Die Pärchen schlenderten kichernd und Hand in Hand an ihr vorbei. Nach Hause wollte sie nicht. Was wartete dort auf sie? Wieder ein Streit? Oder machte er noch immer gute Miene zum bösen Spiel? Aber sie wusste, sie musste es. Allein schon wegen Raúl. Sie liebte ihn so sehr. So wie … Nein! Sie schüttelte den Kopf. Raus mit dem Gedanken! *Ich mache das nur für Raúl.*

Ihr Handy vibrierte. Eine Nachricht von ihrer Mama. ›*Kommt ihr bald?*‹ las sie auf dem Display.

Ihr. IHR. Es gab kein Ihr mehr, kein Wir. Nur noch ein Du und ein Ich. Nein, eigentlich gab es nur noch ein Ich und Raúl.

Seufzend machte sie sich auf den Rückweg

zum Auto. Auf der Fahrt musste sie einige Male schlucken, ansonsten hätte sie einen Heulkrampf bekommen. Sie parkte ihr Auto direkt vor dem Haus.

Komisch, dachte sie. *Hier ist alles finster.* Dabei war es schon fast Schlafenszeit für Raúl.

Sie stieg die beiden Stufen zur Haustür hoch, steckte ihren Schlüssel ins Schloss und öffnete die Tür. Sie tastete nach dem Lichtschalter, und noch bevor sie diesen drücken konnte, erschrak sie zu Tode.

»*Felicidades*[25]«, brüllten die Leute, die von allen Seiten in den Flur kamen.

Felicidades? In Sarahs Kopf war außer einem großen Fragezeichen nichts mehr. Alle Gedanken, die noch Sekunden zuvor da gewesen waren, waren jetzt wie weggeblasen.

Ihr Mutter Elenore kam auf sie zu und strahlte über das ganze Gesicht. Das Licht wurde eingeschaltet, und jetzt sah Sarah den mit Luftschlangen und Luftballons bunt geschmückten Raum. Elenore drückte sie ganz fest an ihren Körper. »Ich bin so glücklich. Ich hoffe doch, du jetzt auch. Du hast dir das doch immer gewünscht.« Elenores Worte kamen zwar

25   Glückwünsche

bei Sarah an, nur ergaben sie keinen Sinn.

»Was ist hier los?«, stammelte Sarah und schob ihre Mutter von sich.

»Wo ist denn Carlos?«, fragte Elenore und schaute durch die geöffnete Haustür. »Ich dachte, ihr kommt zusammen.«

»Das frag ich mich auch gerade. Was ist hier los, Mama?«

»Er hat es dir nicht gesagt?«

»Wer? Carlos? Was soll er mir sagen?«

»Schatz, ich denke, es ist besser, wir rufen ihn mal an. Dann wirst du das alles besser verstehen.«

***

Strahlend und überglücklich rannte Sarah aus dem Haus, als sie sah, dass er vorfuhr. Für sie war es nicht wichtig, dass er zu spät kam. Auch die Gedanken, die noch vor wenigen Stunden in ihrem Kopf herumgegeistert waren, waren wie Wolken durch den Wind hinfortgeweht.

Er war noch nicht ganz aus dem Auto gestiegen, da fiel sie ihm bereits um den Hals. Sie schluchzte und vergrub ihr Gesicht an seiner breiten Schulter.

»Ist ja gut, Schatz. Es tut mir leid, dass ich dir die Überraschung verdorben habe und zu spät bin.«

Sie hob ihren Kopf und schaute ihm tief in die Augen. »Du hast keine Ahnung, wie glücklich du mich machst.«

Ein Lächeln legte sich auf sein Gesicht. Er ging vor ihr auf die Knie, nahm ihre Hand und sagte: »Du bist der Mensch, mit dem ich den Rest meines Lebens verbringen will. Vor sechs Jahren habe ich dich schon einmal gefragt, ob du meine Frau werden willst, und du hast Ja gesagt. Doch in all den Jahren kam unserem Vorhaben immer etwas dazwischen, bis du schließlich meintest, Heiraten ist nicht so wichtig. Doch ich wäre der glücklichste Mann auf Erden, wenn du den Ring, das Zeichen meiner unendlichen Liebe zu dir, an deinem Finger trägst. Deshalb knie ich nun vor dir und frage dich heute: *Willst du mich heiraten?* Die Hochzeit ist für nächstes Wochenende geplant. Ich habe mit unseren Freunden und unseren Eltern alles organisiert. Deswegen war ich in den letzten Wochen so geheimnisvoll. Ich hoffe, du verzeihst mir.«

»Verzeihen? Was soll ich dir verzeihen? Du bist das Wunderbarste, was mir jemals passiert ist. Natürlich will ich dich heiraten. Nun verstehe ich auch, warum meine Mutter mich vor drei Wochen zur Schneiderin gebracht hat, um mir, wie sie sagte, ein Kleid machen zu lassen für die goldene Hochzeit meiner Eltern.« Überwältigt von ihren Gefühlen weinte Sarah los.

Carlos stand auf, nahm sie in seine Arme und küsste sie leidenschaftlich.

43

Es war bereits mittags am nächsten Tag, als Sarah den Anruf der Spezialeinheit entgegennahm. Sie wunderte sich zwar, dass Carlos nicht selbst abnahm, aber als sie in sein Büro schaute, sah sie, dass auch er telefonierte und deswegen der Anruf zu ihr gekommen war. Die Informationen, die sie gerade erhalten hatte, musste sie natürlich sofort an Carlos weiterleiten.

Sie klopfte an seine Bürotür. Er hatte gerade das Gespräch beendet und schaute von der Akte auf, die vor ihm auf dem Tisch lag.

»Carlos, ich bin gerade informiert worden, dass es keine Überlebenden auf der Jacht gab. Es wurden Leichen und Leichenteile in der Nähe gefunden. Alle Personen wurden bereits identifiziert. Hierbei handelte es sich um schwerreiche europäische Unternehmer. Ebenfalls fand man die Leichen von zwei Angestellten des Partyservices und von zwei Crewmitgliedern und Popows Torso. Aufgrund der schweren Anschuldigungen, die gegen Popow erhoben wurden, wurde sein Privathaus durchsucht, und man fand dort die Reisepässe mehrerer Frauen. Einige konnten bereits identifiziert werden.«

»*Vale*. Und wie geht es der unbekannten Frau, die wir mit Wagner aus dem Wasser gefischt haben?«

»Da habe ich noch nichts Neues. Sie schwebte in akuter Lebensgefahr.« Sarahs Handy gab einen Ton von sich, der eine neue Nachricht ankündigte. Sie nahm es in die Hand und las. Sie nickte. »Ich revidiere, was ich gerade gesagt habe. Sie ist außer Lebensgefahr. Wir können in den nächsten Stunden zu ihr ins Krankenhaus fahren, um sie zu verhören.«

»Wie weit sind wir mit der Sichtung der Videoaufnahmen, die auf dem Boot gefilmt wurden?«

»Die meisten Personen sind bereits identifiziert. Es handelt sich um dieselben Personen, die auf dem Boot waren. Bis auf zwei Ausnahmen: Der eine Mann ist ein Ölmagnat aus dem Irak und der zweite ist ein Multimillionär aus Russland. Aber beide waren nicht auf der Jacht, als diese explodierte.«

»Was für ein Abschaum! Die Fahndungsbefehle sind bereits eingeleitet, hoffe ich.«

Sarah nickte. »Natürlich. Die Personen konnten deswegen so schnell identifiziert werden, weil alle Leute, die man in diesen Videos sieht, Personen sind, die im öffentlichen Leben standen. Somit durch Zeitungen und durchs Fernsehen bekannt. Weißt du schon, durch was die Explosion ausgelöst wurde?«

»Na ja, derzeit geht die Sonderkommission von einer Sprengladung mit Fernzünder aus«, sagte Carlos. »Aber wer genau auf den Knopf gedrückt hat, wissen wir noch nicht. Aber ich bin fast gewillt, sofern wir denjenigen schnappen, ihm zu dieser guten Tat zu gratulieren.«

»Was? Du spinnst doch! Er hat vier Unschuldige mit in den Tod gerissen.«

»Und uns von diesem Abschaum befreit. Aber du hast natürlich recht. Es ist und bleibt Mord. Daran gibt es nichts zu rütteln.«

»¿Jefe?«, sagte Cristiano, der ins Büro gerannt kam und sich vor Carlos' Tisch stellte. »Mir ist gerade wieder etwas eingefallen. Dieser Nikolaj Popow, er war doch der Inhaber der Disco und dieses geheimen Bordells am Hafen von Arguineguin. Ich habe überlegt, woher mir der Name bekannt vorkam, und die alten Fälle studiert, die ich, seitdem ich hier auf der Insel bin, gehabt habe. Und da bin ich auf den Mord an dieser Schwedin gestoßen. Kannst du dich noch daran erinnern? Sie wurde in den Dünen von Maspalomas erschossen. Es war ganz am Anfang. Das hing mit der Entführung des deutschen Studentenmädchens zusammen.«

»Katharina Pfeiffer war dieses entführte Mädchen, ja«, mischte sich Sarah in das Gespräch mit ein.

»Ja, genau«, sagte Cristiano. »Ich habe mir die Akte der Schwedin angesehen, und stell dir vor: Sie hat im Dragon gearbeitet. Ob es da einen Zusammenhang gibt? Ich meine, es könnte auch nur ein dummer Zufall sein. Aber eigentlich glaube ich nicht an Zufälle.«

Carlos überlegte. »Stimmt. Kurz zuvor hatte sich doch diese neue Drogenbande hier im Süden gebildet. Wir werden der Sache auf den Grund gehen. Als Erstes, würde ich sagen, befragen wir mal Bärbel Popow, die Ex-Frau unseres Discobesitzers. Vielleicht kann sie uns weiterhelfen.«

***

»*Doña* Bärbel. Danke, dass Sie uns in dieser schweren Stunde empfangen«, sagte Carlos und schaute zu der komplett schwarz gekleideten Frau, die ihm auf ihrer Terrasse gegenübersaß. Selbst der Hut, den sie trug, war schwarz, und ihr Gesicht wurde von einem dunklen Schleier verdeckt. Ein lautes Schniefen drang ab und zu darunter hervor.

»Keine Ursache«, flüsterte sie. »Ich habe Nikolaj so geliebt, auch wenn wir getrennt waren. Ich kann es noch nicht fassen, unter welchen Umständen er zu Tode kam.«

»Können Sie uns vielleicht Angaben machen zu den Partys, die er auf seiner Jacht feierte?«

»Nein, ich wusste nur, wann welche stattfanden. Schließlich verschickte ich auch die Einladungen an die Gäste. Das war ja mein Job als gute Ehefrau. Was genau bei diesen – so wie Sie es nennen – Partys ablief, kann ich Ihnen nicht beantworten. Darüber hat mich mein Ehemann nicht in Kenntnis gesetzt.«

»Soweit ich informiert bin«, sagte Carlos, »sind Sie beide seit über acht Jahren getrennt. Da haben Sie weiterhin für ihn gearbeitet?«

»Ja, natürlich. Er war die Liebe meines Lebens.« Dann brach sie in Tränen aus.

44

Drei Monate später in Carlos' Büro auf der Dienststelle in Playa del Inglés.

Carlos staunte, als er die E-Mail las, die er gerade erhalten hatte. Er druckte sie aus und nahm sie auf dem Weg aus seinem Büro mit. Er winkte Cristiano und Sarah zu sich, und alle drei verzogen sich in den Besprechungsraum.

»Was ist denn los?«, fragte Sarah.

Carlos nahm den Ausdruck in seine Hände und las vor:

Geschätzte Kollegen,

wir haben vor wenigen Tagen einen Tipp bekommen über eine Drogenlieferung, die mittels eines Containers im Hafen von Las Palmas ankommen sollte. Wir waren mit den Spezialeinsatzkräften vor Ort und haben drei Verdächtige festgenommen. Zwei Männer und eine Frau. Die Männer sind bereits aktenkundige Kleinkriminelle, die als Leibwächter arbeiten und sich durch

Drogendeals zusätzlich Geld verdienen. Die Frau heißt Bärbel Popow. Aufgrund des Verdachts auf Hehlerei haben wir sie festgenommen und eine Hausdurchsuchung veranlasst.

Bei dieser wurden nicht nur Drogen konfisziert, sondern es wurde auch Sprengstoff gefunden. Wir haben die Verdächtige mit dieser Tatsache konfrontiert, und sie ist geständig. Sie gibt zu Protokoll, dass sie mit ihrem Liebhaber Vladimir Michailow gemeinsam den Mord an ihrem Ex-Mann geplant hatte. Michailow hatte die Bombe auf der Jacht platziert. Gebaut hat Bärbel Popow sie selbst. Auf ihrem Computer ist eine Bauanleitung für dieselbe Art Bombe gespeichert, die laut unseren Experten die Jacht zum Explodieren brachte. Desweiteren konnten wir in ihrem Mailordner mehrere Mails mit dem Betreff »*Noche de Fiesta*« finden, in denen eindeutige Fotos von den misshandelten Frauen zu sehen waren, die auf dem Boot gefoltert und am Ende des Tages an den Höchstbietenden verkauft wurden. Die Verdächtige ist auch diesbezüglich geständig und gibt Folgendes in ihrer Aussage bekannt. Hier für Sie auszugsweise aus der Vernehmung:

Inspektor: »Waren Sie die Initiatorin der Veranstaltungen, die den Namen ›*Noche de Fiesta*‹ trugen?«

Bärbel Popow: »Ja, natürlich. Wer denn sonst? Mein Ex-Mann war ein schwacher geiler Sack, der auf die jungen Dinger stand. Jemand, der so eine Party veranstaltet, braucht Hirn, und das hatte mein Ex-Mann nicht.«

Inspektor: »Woher kamen die Frauen, die auf den Videos zu sehen sind?«

Bärbel Popow: »Von überall her. Jung und halbwegs hübsch mussten sie sein. Manche haben wir entführen lassen, andere kamen freiwillig mit unseren Ködern, die wir überall auf der Welt haben, mit den Schlepperbooten zu uns. Natürlich versprachen wir jeder Fotze, dass sie viel Geld verdient bei uns.« *Anmerkung: Die Verdächtige lacht laut.*

»Das Geld war natürlich für mich und nicht für die Schlampen.«

Inspektor: »Wer waren Ihre Köder?«

Bärbel Popow: »Na, junge, fesche Männer halt, die den Frauen alles versprachen, was sie sich nur wünschten. Fragen Sie mich nicht nach Namen. Von mir kriegen Sie diese mit

Sicherheit nicht.«

Inspektor: »Warum haben Sie diese Partys veranstaltet?«

Bärbel Popow: *Anmerkung: Die Verdächtige bricht in lautstarkes Gelächter aus.* »Na, weswegen wohl, Sie Dummkopf? Wegen des Geldes natürlich. Wissen Sie eigentlich, was so eine Fotze wert ist?«

Inspektor: »Wir haben Informationen darüber, dass auf Ihren Partys Menschenfleisch gegessen wurde. Ist das richtig?«

Bärbel Popow: »Ich dachte immer schon, dass mein Ex-Mann der Blödeste von allen wäre, aber dieser Typ mit den Babys, der hat wohl die Dummheit mit dem Löffel gefressen. Er wollte die Babyleichen vergraben. Was für eine Verschwendung! Natürlich habe ich sofort mit ihm Geschäfte gemacht und ihm meinen besten Mann geschickt, um die frische Ware abzuholen. Schließlich war Juan doch mein Mann für alle Fälle und seine Kontakte zu dem Restaurantbesitzer in Las Palmas sehr hilfreich.«

Inspektor: »Haben Sie etwas mit dem Tod der Schwedin Lilly Karlsson zu tun?«

Bärbel Popow: »Wer? Kenne ich nicht.«

Der Inspektor reicht ihr ein Foto. Popow nimmt es entgegen und nickt.

Bärbel Popow: »Ach so, diese Schlampe meinen Sie. Dieses blöde Miststück wollte mich erpressen. Die wollte tatsächlich eine halbe Million Euro von mir, damit sie die Klappe hält. Ich bin zum Schein darauf eingegangen, um sie in Sicherheit zu wiegen. Wir haben uns in den frühen Morgenstunden in den Dünen verabredet. Sie ist auch gekommen. Klar, sie war ja auch blond. Sie hatte wirklich gedacht, dass ich ihr das Geld gebe.«

Inspektor: »Was war der Grund für die versuchte Erpressung?«

Bärbel Popow: »Ach, damals hatten wir gerade erst das Bordell eröffnet. Sie hat mit einer unserer Nutten engeren Kontakt gehabt, und die hat ihr so einiges gesteckt. Und dann bekam sie mit, eher durch einen dummen Zufall, dass eine Nutte auf die Jacht getragen wurde. Dies war meine erste *Noche de Fiesta,* und sie kombinierte schnell die Zusammenhänge zwischen der Nutte und der betuchten Gesellschaft, die an Bord ging. Ich muss ja dazu sagen, dass ich von einigen gehört habe, dass diese Schlampe gerne für alle die Beine breit gemacht hat, die mit dem richtigen Schein winkten.«

Inspektor: »Haben Sie auch etwas mit dem Mord an Jan Jones, britischer Staatsbürger, der ebenfalls in den Dünen erschossen wurde, und der Entführung von David Clarks, ebenso britischer Staatsbürger, zu tun?«

Bärbel Popow: »Was Sie alles wissen wollen ... Was bekomme ich denn dafür, wenn ich Ihnen das erzähle?«

Inspektor: »Lebenslange Freiheitsstrafe in einem Gefängnis mit Blick aufs Meer. So wie wir es schriftlich vereinbart haben.«

Bärbel Popow: »Und einen eigenen Fernseher.«

Der Inspektor stimmt zu.

Bärbel Popow: »Dieser Bengel hat gedacht, alle liegen ihm zu Füßen, wenn er nur den Namen Cooper erwähnt. Ich wurde von einem meiner Männer informiert, dass die beiden Drogen kaufen wollten. Es sollte keiner zu Schaden kommen. Wir wollten einfach beide entführen und von den Familien, die ja noch immer gut im Geschäft sind, Geld erpressen. Aber sie wehrten sich. Tja, und derjenige, auf den wir am ehesten verzichten konnten, bekam eine Kugel in den Kopf. So läuft das eben.«

Carlos blickte Sarah an, deren Mund offen stand. Ihre Augen waren groß wie Wagenräder.

»Ich kann es nicht fassen«, sagte sie. »Sie war die ganze Zeit der Strippenzieher. Ihr Ex-Mann war nur eine Marionette, die nach ihrer Pfeife tanzte.«

45

Vier Monate später, irgendwo auf Gran Canaria am Strand

»Stell dir vor, Ivan hat sie tatsächlich umgebracht.« Sven drehte sich zu Jenny um. Er legte das Buch, das er in seinen Händen hatte, zur Seite. Auf dem Cover war eine blutige Hand zu sehen, der Hintergrund war schwarz, und der Titel prangte in stechendem Rot mit Blutstropfen.

Jenny lag auf ihrem Strandtuch, nur bekleidet mit einem Bikini. Heute war ein herrlicher Oktobertag. Die Sonne wärmte den Sand und das Wasser. Sie richtete sich auf und blinzelte ihn an. Dann griff sie zu ihrem überdimensionalen Sonnenhut und setzte ihn auf. Sie lachte.

»Wie kommst du denn jetzt darauf?«, fragte sie, sah dann aber, was er in der Hand gehalten hatte, und kombinierte seine Gedankengänge. »Ach so. Alles klar. Du liest meinen Thriller, den ich mir vor ein paar Tagen erst gekauft habe.« Nach einigen Sekunden sprach sie weiter: »Ja, hat er, und alles nur, weil er Nikolaj schützen wollte. Als Dörte ihm das mit dem Unfall erzählt hatte und auch von der Hypnose, bekam er Panik. Er wusste, wenn sie bei der Polizei plauderte, dann würden auch seine Vergehen aufgedeckt werden. Die Sache mit der Leiche, die du mit ihm im Meer versenkt hast, zum Beispiel. Und vermutlich noch etliches mehr, was er auf dem Kerbholz hatte. Auch er wäre ins Gefängnis gegangen. Kannst du dir das vorstellen? Sie wurde umgebracht, weil Ivan fürchtete, selbst ins Gefängnis zu gehen? Wie krank diese Welt doch ist.«

»Und beweisen konnte die Polizei es letztendlich nur mithilfe der modernen Technik«, entgegnete Sven. »Seine DNA wurde ebenfalls am Tatort gefunden, und zusammen mit der Aussage von Vladimir war das ein eindeutiger Beweis. Vladimir hat gewusst, was Ivan vorhatte, und hat ihn noch gedeckt vor Nikolaj, bis zu dem Tag von Ivans Ermordung. Dörte hat sich dem Falschen anvertraut. Sie hat tatsächlich ihren eigenen Mörder um Hilfe gebeten.«

»Aber du bist entlastet. Dörte konnte sich daran erinnern, dass Nikolaj, kurz bevor du kamst, bei ihr war. Er muss in der Nähe auf dich gewartet haben. Nikolaj hat sie die Treppe hinuntergestoßen, um es dir in die Schuhe schieben zu können. Er wusste, dass dir keiner glauben wird und dich jeder verdächtigen würde aufgrund deines damaligen Alkoholkonsums. Der Mann, den du umgebracht haben sollst, der dich mit der großen Buddhafigur niedergeschlagen hat, war mit Sicherheit von Nikolaj beauftragt worden. Allerdings konnte sich Dörte nicht daran erinnern, warum der Mann erschossen wurde. Die Polizei vermutet, dass er mehr Geld als vereinbart für seine Dienstleistung haben wollte und eben deshalb sterben musste. Die Wahrheit darüber werden wir wohl nie erfahren.«

»Ich bin froh, dass diese Geschichte nun vorbei ist. Und die rothaarige Frau, die ich damals, als ich noch für Nikolaj gearbeitet habe, im Meer versenken musste, wurde nie gefunden. Trotz groß angelegter Suchaktion. Ist vielleicht auch besser so. Aber das wird mich trotzdem mein Leben lang verfolgen. Lass uns über etwas anderes sprechen. Ich sollte wohl nicht deine Thriller lesen, das bekommt meinem Kopfkino nicht gut.« Sven lachte, und nach einigen

Momenten fragte er Jenny: »Hast du mal wieder etwas von Aurelia gehört?«

»Ja, vor ein paar Tagen habe ich mit ihr telefoniert. Habe ich dir das nicht schon erzählt?« Jenny runzelte die Stirn. Doch als Sven entschieden den Kopf schüttelte, sprach sie weiter. »Sie ist ja wieder bei ihrer Familie in Rumänien. Natürlich mit Fortuna. Der Katze geht es gut, und auch sie erholt sich von den ganzen Strapazen. Dort hat Aurelia sich therapeutische Hilfe gesucht. Die Sitzungen tun ihr gut, meinte sie. Sie arbeitet wieder als Friseurin. Das hatte sie schon immer gerne gemacht. Und sie ist gerade frisch verliebt.«

»Verliebt? Oh nein. Hoffentlich nicht wieder so ein Typ.«

»Das habe ich auch zu ihr gesagt, aber sie meinte, ich solle mir keine Sorgen machen. Es ist alles in bester Ordnung und sie würde nie wieder weiter weg als hundert Meter von ihrem Elternhaus wohnen.« Jenny lachte.

»Das verstehe ich ganz gut. Aber lass uns doch nicht mehr über die Vergangenheit sprechen.« Sven zog Jenny nah zu sich heran. »Reden wir doch lieber über die Zukunft.«

-ENDE-

<u>Für alle, die es interessiert:</u>
Hier kommt der alphanumerische Code:

A – 5	1 – Z
B – 6	2 – Y
C – 7	3 – X
D – 8	4 – W
E – 9	5 – V
F – 10	6 – U
G – 11	7 – T
H – 12	8 – S
I – 13	9 – R
J – 14	
K – 15	
L – 16	
M – 17	
N – 18	
O – 19	
P – 20	
Q – 21	
R – 22	
S – 23	
T – 24	
U – 25	
V – 26	
W – 27	
X – 28	
Y – 29	
Z – 30	

Lieber Leser, liebe Leserin.

Herzlichen Dank für den Kauf dieses Thrillers.

So wie in jedem meiner bisher erschienenen Büchern bedanke ich mich bei allen Mitwirkenden, die dieses Buch, so wie Sie es jetzt in Ihren Händen halten, überhaupt erst möglich gemacht haben:

An erster Stelle kommt mein Lieblingsmensch, mit dem ich am liebsten Brainstorming betreibe. Nachmittags auf unserer Terrasse kommen uns einfach die besten Ideen. Danke für deine Unterstützung.
Te quiero mucho.

An zweiter Stelle steht natürlich Sascha, mein absoluter Lieblingslektor. Seine Aufgabe ist vermutlich die schwerste von allen. Manchmal muss er mich dazu bringen, gewisse Szenen nochmals zu überdenken. Was gar nicht so einfach ist, da ich doch an jedem meiner Worte sehr hänge. Danke für deine Geduld mit mir.
Muchas gracias a ti, mi niño.

An dritter Stelle, aber nicht weniger wichtig,

kommen meine Testleserinnen Julia, Corinne, Daggi, Birgit, Bianca, Jenny, Anja und Verena, die sich die Mühe machten, jeden kleinen Fehler im Manuskript herauszufiltern und mir mitzuteilen. Auch in unserer gemeinsamen Gruppe konnte ich alles mit euch diskutieren. Ich finde euch klasse.

Sois las mejores.

Natürlich ist auch meine Coverdesignerin nicht zu vergessen. Es ist ein wundervolles Cover geworden. Herzlichen Dank dafür. Du hast tolle Arbeit geleistet.

Und auch an Sie, liebe Leserin, lieber Leser, ein Dankeschön. Ich hoffe, es hat Ihnen Spaß gemacht und ich durfte Sie ein paar Stunden mit meinen spannenden Storys unterhalten.

Abonnieren Sie auch meinen Newsletter unter www.dreasummer.com. Ich freue mich auf ein Feedback von Ihnen.

Ihre
Drea Summer

Werbung:

Sie sind nichts wert

Gran-Canaria-Thriller Band 1

WO IST KATHARINA?

Katharina möchte mit ihrer besten Freundin einen entspannten Urlaub auf Gran Canaria verbringen. Bei einem Ausflug in die Berge mit zwei jungen Männern verschwindet sie spurlos. Inspektor Carlos Muñoz Díaz, leitender Beamter vor Ort, erhält durch ein Ermittlerteam aus Deutschland Unterstützung. Doch bereits kurz darauf überschlagen sich die Ereignisse: Katharinas Freunde verstricken sich in Widersprüche, eine düstere Spur führt bis zurück in die Kindertage der jungen Frau, und an den Dünenstränden von Maspalomas findet man eine weibliche Leiche.

Tu, was ich dir sage
Gran-Canaria-Thriller Band 2

Als ein Toter auf dem Parkplatz des Zoos Palmitos Park auf Gran Canaria gefunden wird, ist es vorbei mit der ungetrübten Urlaubsidylle. Die Polizei kommt zu der Erkenntnis, dass es sich um einen Selbstmord handelt. Der Tote galt bereits sieben Jahre als vermisst. Warum taucht er ausgerechnet jetzt auf? Und wo war er die ganze Zeit?

Tage später verschwindet der deutsche Urlauber Leo spurlos aus einer Diskothek in Playa del Inglés. Inspektor Carlos Muñoz Díaz ermittelt, doch bald entwickelt sich der Fall für ihn zu einer persönlichen Tragödie. Stück für Stück offenbart sich ein Abgrund unmenschlicher Abscheulichkeit.

ABgehackt

Team Gran Canaria Band 1

Ein brutaler Serienmörder sucht die Urlaubsinsel Gran Canaria heim. Binnen kürzester Zeit werden die Leichen eines Obdachlosen und einer Fitnesstrainerin aufgefunden. Beide sind auf furchtbare Art und Weise verstümmelt worden. Die Ermittler der Polizei stehen vor einem Rätsel. Gibt es eine Verbindung zwischen den Opfern? Wo wird der Täter als Nächstes zuschlagen?

Unterdessen werden Sven und Jenny, seit Kurzem als Privatdetektive tätig, von einem nahen Verwandten eines der Opfer beauftragt, ebenfalls nach dem Mörder zu suchen. Doch je tiefer sie graben, umso mehr bringen sich die beiden selbst in tödliche Gefahr.

ANgefasst

Team Gran Canaria Band 2

Deine Kinder sind niemals sicher!

Und dann hörte sie die Musik aus dem Mobile über dem Gitterbett, die wie von Geisterhand zu spielen begann. Und das Lied spielte für Melodia, die nur durch ihre Schuld nie wieder lachen konnte.

Lady, der Hund von Urs Gautier, wurde entführt, und der Schweizer beauftragt die Privatdetektive Jenny und Sven, das Tier zu finden. Doch schon einige Tage später werden Gautiers Frau und seine kleine Tochter von einem Spielplatz gekidnappt. Jenny versucht, die beiden zu retten, wird dabei niedergeschlagen und ebenfalls verschleppt. Während Inspektor Carlos Muñoz Díaz eine großangelegte Suchaktion startet, ermittelt Sven auf eigene Faust. Doch schon bald präsentiert sich alles in einem anderen Licht und lässt Sven zweifeln, seine Jenny jemals lebend wiederzusehen. Stück für Stück setzen sich die Puzzleteile zu einem Bild zusammen, das grausamer kaum sein könnte.

ANvisiert

Team Gran Canaria Band 3

- Ein Gong ertönte, wie bei einem Boxkampf. War das Spiel dieses Psychos vorbei? Doch was würde nun passieren? –

Nachdem auf Gran Canaria zwei Jugendliche tot aus dem Meer geborgen wurden, engagiert eine besorgte Mutter die Privatermittler Sven und Jenny, um ihren Sohn zu observieren. Die Spur führt sie zu einer Clique, in die man nur nach lebensgefährlichen Mutproben aufgenommen wird. Doch dann verschwindet erneut ein Jugendlicher, und kurz darauf ein weiterer. Die Polizei vermutet dahinter einen geisteskranken Entführer. Doch das ist nur die halbe Wahrheit. Auf der anderen Seite verbirgt sich ein uraltes, grausames Ritual, dessen Wurzeln Jahrzehnte in die Vergangenheit reichen. Letztendlich gerät Sven selbst ins Visier des Psychopathen. Wird er dem tödlichen Spiel entkommen?